# かやつり草

滝浪　豊満

かやつり草《ぐさ》を知っていますか。

梅雨が終わり、初夏の風が野山の若葉を白くひるがえす頃になると、小道の傍らや畑の端の草むらに、ぼくらは目ざとくこの草を見つけ出した。線香花火が弾けたような黄褐色の穂が、たいてい、草むらから頭一つ飛び出している。三稜の茎を引き抜くと、根元から、くんとえぐいような野の香りがする。

茎の一方を自分がつまみ、もう一方を友達がつまむ。一、二、三の掛け声で同時に引き裂く。一直線に裂けてしまえば、片思いであり、正方形になれば、思い合う間柄であることがわかる。

五年生になっていたぼくらは、そんな占いを鵜呑みにするほど幼くはなかったが、意外な結果がぼくらを不思議な心理状態に陥れる。仲の良い友達とやってみても一直線に裂けたり、何とも思っていない友達とやってみても正方形を描いたりするからだ。すると、まだ信念の固まっていないぼくらの心は揺れ、この占いが明かす結果こそ、本当の自分の思いではないだろうかと思ったりする。

　野山が萌黄色に染まり、あたりが生命の息吹に満ち溢れる季節、ぼくらは、かやつり草を裂いて、心を量ってみたいと思う少女と出会うことになった。

　昭和三十一年、大井川上流にダムを建設する本格工事が始まる。

　南アルプスの懐に抱かれ、自然の巡りに沿った穏やかな暮らしを営んできた村人は、近代化の槌音に眠りを覚まされ、荒波に身を委ねることになった。

　ぼくらが通う井川北小学校は、ぼくらの集落から、大井川に沿って一キロ半遡った所にある。途中に大島の集落があり、集落の北側を大島沢が流れている。沢の吊り橋を渡って坂道を登ると割田原《わんだばら》。見晴らしの良い平地をしばらく行くと、道路下に赤い屋根の校舎が見えてくる。

ダムが完成するとダム湖ができる。湖の水面下に位置することごとくが沈んでしまう。学校も吊り橋も……。

かおるが転校して来た日のことをぼくはよく覚えている。

その日の最後の授業は算数だった。

ぼくらは小数点のついた割り算や掛け算の計算方法を、四苦八苦しながら教わっていた。と、校庭に風変わりな親子が現れる。親子連れで学校に来るとなれば、たいてい母子なのだが、父親と娘のようである。赤いランドセルを背負った小柄な少女と、サングラスをかけ、黄色いヘルメットをかぶったがっちりした体格の男。

正面玄関まで進み、何やら物足りなげにあたりを見回す少女に、男が何か言い聞かせている。

用務員の和田さんが担任のどん栗先生を呼びに来る。

先生は皆に自習を命じ、職員室へ向かう。

「転校生だ」

窓際の席で、さっきからこの親子を観察していた敏郎が、先生の不在をいいことに得意気に、大声を張り上げる。自習はそっちのけになり、教室のあちこちにざわめきが起こる。

やがて少女を伴って先生が教室に現れる。同時に、後ろ口からサングラスを外し、ヘルメットを下げた男が入って来る。

井川村立の井川北小学校は各学年一クラスの、全校児童合わせても二百名に満たない小さな小学校である。井川村（十三集落の総称）は大井川最上流部の村であり、外部との交流が少なく、転入、転出は稀だった。ところがダム工事が始まり状況は一変していた。

どん栗先生は習字のお手本みたいに一点一画くっきり、森本薫と黒板に書く。

「苗字の森本は読めますね。名前の方を読める人はいますか？」

画数が多く、身近なところでは見かけたことがない。誰も読めないだろうと思っていたら、牧口が手を挙げた。

「かおるだと思います」

声は小さかったが自信ありげだ。

「そうですね。かおるさんです。今日から皆さんの仲間になります。仲良くしましょう。後ろにいらっしゃるのがお父さんです。大島沢に鉄橋を架ける工事のためにやって来ました」

皆は身体をねじって後ろを見る。

「皆さんこんにちは。かおるの父です。皆さん、どうか、かおると仲良くしてやってください」

浅黒い、いかつい顔に笑みを浮かべ、太くよく通る声で挨拶し、深々と頭を下げる。

皆は一斉に拍手し、前に向き直る。サングラスの人を見たのは初めてだったから、どんなに怖い人かとどきどきしたが、その親しげな話しぶりを聞き、外見によるぼくらの判断はいっぺんにくつがえった。

皆はまじまじと、かおるを見詰めた。

緊張のためか、かおるは少し顔をこわばらせていたが、目はリスのようにクリクリしていた。

「森本かおるです。よろしくお願いします。好きなことは動物を飼うことです。今はジュウシマツを飼っています。初めての土地でわからないことがいっぱいあると思いますが、頑張ります。よろしくお願いします」

一気にそう言ってぺこりと頭を下げる。

鐘が鳴り、その日の授業は終わった。

皆は教室の掃除にとりかかる。

さて、問題はそれからである。その日は「出来た者順の日」だったから。

掃除を終える頃には、その週に習った範囲から漢字の書き取り、計算問題が、どん栗先生の手によって黒板に書かれている。

問題を解いて先生に見せに行き「よし」と言われたら帰ることができる。でも、帰れる順番はたいてい決まっていて、大きく変わることはない。学習能力が、ある日突然長足の進歩をとげるなんてことはあり得ないから。

転入した日が「出来た者順の日」だなんて不運なやつ。

（かおるはどの辺で帰れるだろう）

早く帰りたい一心で皆真剣に問題に取り組む。

まず得意な書き取りにとりかかる。次に計算問題だ。ぼくが問題を解き終えるのは、たいてい真ん中より後になる。暗算が苦手で、いまだに内緒で指を折るくらいだから時間がかかるのだ。半分解き終え、ひと息つく。

後方で席を立つ音がする。

（牧口だろう。いつものことだ）

でも、そんな確認なんてしていられない。計算間違いをしないよう集中しなければ。

つかつかと教卓へ向かう軽い足音がする。

いつもとは違う。顔を上げると、教卓の脇に立っているのはかおるだ。ぼくは目を疑った。牧口を庇うつもりはないけれど、何だか面白くない。牧口も級長としての誇りを傷付けられた気がしたろう。

赤ペンを握る先生の手の動きは軽快だ。かおるの帳面に丸が並んでゆく。

「お父さんは職員室で校長先生とお話ししています」

こわばらせた顔のまま、かおるは席へ戻り、帰り支度を済ませると周囲にぴょこりと一礼し、後ろの戸口から出ていく。

「さあ、皆もがんばらなくちゃ」

あっ気に取られ、ぽかんとしているぼくらを現実に引き戻すように、先生はハッパをかけた。

転入したその日「出来た者順」でいきなり一番におどり出たやつ。森本かおるの印象は、そうぼくらの脳裏に刻まれることになる。

かおるは色が白く小柄だった。クリクリした目は愛嬌があったが、一瞬相手を睨むように正視する癖があり、それが生意気な感じを与えた。山間に育ったぼくらを見くびっているように思えたからだ。

ある日の学校からの帰り、ぼくと京一と三治郎の三人は、ひょんなことから、かおるの住む飯場を偵察することになった。

飯場は大島沢の谷沿いの地にある。

いつもの通学路から外れ、檜林を抜け、麦畑をつぶしてつけた新道に出る。山側には石垣が高く積まれている。

ちゃんとした用事で行くのなら、地主の松吉さんの屋敷を通って行けばいいのだが、そうはいかない。

石垣の窪みによじ登れそうな隙間を見つけ、そこをよじ登らなければならない。

首尾良く登り切ると、ひとまず雑木林に身を潜め、ランドセルを下ろす。飯場の裏手に出たらしい。似たような作りの建物が三棟並んでいる。かおるはこのうちのどこかに住んでいる筈だ。人気のないのを確認しつつ、背を屈めて三棟の脇を抜け、砂利を敷いた庭に出る。

一棟目の建物には森本組事務所の看板がかかっている。

「ここは事務所らしい。かおるが住んでいるのは後ろのどっちかだ」

京一が声をころして言う。

「引き返そう」

二棟目の縁側に沿って抜き足差し足でゆくと、いきなり硝子戸が開き、かおるが顔を出した。

「だあれ？」

不意を突かれたぼくらは間抜け面をするしかない。かおるに見つからないように住み処を探すのが使命だったのだから。

「飯場ってどんな所か、ちょっと見に来たんだ」

三治郎が本音を吐く。

かおるは怪訝そうにじっとぼくらを見詰める。

（逃げよう）

とっさにぼくらは判断し、逃走体勢にはいる。

「こっちにいらっしゃいよ」

予想外の言葉に面食らう。何もかおると遊びたくて来た訳じゃない。でも他人の敷地に侵入している弱みがあり、住人の指示に従うしかないような気がしてくる。それで不承不承頷く。

かおるは人差し指で「あっちに回って」の合図をする。

スレートの庇が張りだした玄関に出る。かおるが開き戸を開けた。

脱いだ靴を揃え、ぼくらはかおるの後に従う。さっきの縁側のある部屋に通された。

ぼくらは、きょろきょろあたりを窺いながら腰を下ろす。

障子がするりと開き、かおるのお母さんらしい人がお盆を持って入って来る。

「皆さん、よくいらっしゃいました。かおると仲良くしてくださいね」

お盆を畳に置き、かしこまって頭を下げる。

かおるはその脇で、曖昧な笑顔を浮かべている。

お盆には紅茶茶碗とビスケットが入った菓子器がのっている。

ほんの思いつきで偵察にやって来たぼくらに、そんな丁寧な挨拶をされたって、何て答えれば良いのかわからない。恐縮してぺこぺこ頭を下げる。

甘くほろ苦い紅茶を啜り、ビスケットに手を伸ばす。

腹が減っていたぼくは続けざまに三枚も食べてしまったが、二人は遠慮して一枚しか食べないので、ぼくもそれ以上は止めにする。

紅茶を飲み干してしまうと、することがない。話しかけるきっかけも浮かばない。

そんな空気を察して、母親らしき人が「どこの村に住んでいるの？」とか、「ご兄弟は？」などと助け船をだしてくれる。

ぼくらは座っている順に答えていく。三人共五、六人の兄弟がいる。

「皆さん、大勢いらっしゃるのね」

感心したように相鎚を打って、

「ゆっくり遊んでいってください」

会釈して奥へ引き返してゆく。

機転を利かせて、京一が「かおるさんのきょうだいは？」と聞き、かおるが「私ひとりっ子なの」とつまらなそうに答えると、気まずい雰囲気が漂う。

その時、縁側の天井に吊り下げた鳥籠で小鳥がチチッと鳴いた。

「あれジュウシマツ？」

「そう」

答えながら、かおるは縁側に行き、籠を外してぼくらの所に持って来る。

嘴がうす紅で、白地に茶と黒の交じった二羽の小鳥が、止まり木に身を寄せている。

「もう私の手から餌を食べるのよ」

窪ませた手の平に餌をひとつまみ置く。ゆっくりと鳥籠の扉を開ける。

二羽のジュウシマツは止まり木を跳ね、かおるの手の平に寄って来る。

「凄い。懐いてるね」

三治郎が言う。

自分の兄がヤマガラを懐かせるのにずいぶん苦労しているのを、三治郎は見ていた。

「初めは籠の中に手を入れてやっていたの。それから、だんだんに籠から手をずらして

「……」

「逃げ出さなかった？」

「ううん。一度本棚の上に逃げ出しちゃったわ」

「どうしたの？」

「あの時は近《ちか》叔母さんが風呂敷でつかまえてくれたの」

「近おばさんてさっきの人？」

「そう」

「てっきり、お母さんかと思った」

狐につままれたように、ぼくらは顔を見合わせる。

ジュウシマツを乗せた手を、かおるは高く上げる。

手品でも見せられているように、ぼくらは仕草に見とれる。

手を下ろし、籠に近づける。ジュウシマツはそれが習いのように止まり木に戻ってゆく。

扉を閉め、かおるが鳥籠を戻しに立ち上がったのをしおに、ぼくらは引き上げることにする。

「近叔母ちゃん」

かおるが奥に呼びかける。

近叔母さんはぼくらが遠慮して食べ残したビスケットをナプキンに分け、一人ひとりに手渡してくれた。

「また遊びに来てください」

「はーい」

「ごちそうさんでした」

さすがに、ぼくらはきちんと頭を下げた。

「ランドセルは？」

かおるが不思議そうに問いかける。

ぼくらは苦笑いしながら、雑木林へ取りに行く。

ランドセルを背負って事務所の前に回る。道なりに行けば松吉さんの庭に出るが、そうは行かず敷地の縁《へり》の石垣へ向かう。飛び降りられそうな場所まで来ると、順に新道に飛び降りる。

石垣の上のかおるを見上げ、「さよなら」と手を振る。

ぼくらの振る舞いに驚きあきれたのか、そのお返しでもするみたいに、びっくりするほど大声で「さよなら」とかおるは手を振った。

その日の偵察をきっかけに、かおるとぼくらの仲が急速に接近するなんてことは無かったが、ぼくらを不快に思っていないことだけは、はっきりした。

近叔母さんに一人前の訪問者のように丁重にもてなしてもらったのは、嬉しい経験になった。村中のどこを探したって、ぼくらをあんなふうに扱ってくれる人はいない。

「かおると仲良くしてくださいね」

あの優しい口調は、山間に生まれ、世間知らずのまま育った頑なぼくらの心をほころばせた。


朝礼で、全校生徒を前に校長先生はこんな話をする。

「皆さんもお父さんやお母さんからすでに聞いていると思いますが、西山平の渓谷に建設中のダムが、来年の九月に完成します。大井川がダム湖になりますと、川沿いの地域はみんな沈んでしまいます。大島からの道路、橋、学校もです。

新しい道路造りは始まっていますが、橋の架け替え工事は明日から始まります。大島橋が通行できなくなるため、谷間の道を通学してもらうことになります。遠回りになりますので中山、上坂本、大島の生徒は、明日から二十分早起きしてください。一週間はＰＴＡの役員の方が道案内をしてくれます。その人の指示に従って、事故のないように気をつけて登校してください」

谷間の道を想像すると、新しい冒険が始まるようで、ぼくらは胸をわくわくさせた。二十分の早起きくらい少しも苦にならない。

つづら折りの坂を下る。道の両側を蔽う笹のトンネルを抜ける。タチヤナギの向こうからせせらぎが聞こえる。石ころ道の先に、間伐材を組んだ丸木橋が現れる。丸太はぎしぎし音をたててしなり、隙間から見える速い流れは岩を噛み、白く泡立ち、牙を剥いて威嚇するようである。

麦畑に出て、真っ直ぐ行くと茶畑山に突き当たる。この山を越えればいつもの通学路だ。

登り口のそばに石で囲われた泉がある。小石を吹き上げ、澄んだ水がこんこんと湧き出ている。泉の傍らには苔むしたお地蔵さんが佇んでいる。

息を切らしながら茶畑山を登る。もうひと息で学校だ。

赤いトタン屋根、日に焼けて灰色にくすんだ板壁。各学年一クラスで六つの教室をもつ校舎。

西側半分は増築されたもので、その継ぎ目は三角の塀で支えられている。上空から見たら燕がつばさを広げたようだろう。塀の傾斜が緩やかなら、屋根のてっぺんまで這い上がってみたいという冒険心を、きっと見る者に抱かせる。

玄関脇のイトランの茂みの中に、コンクリートの台座がひっそりと立っている。主である二宮金次郎は、金属供出令で戦地に赴き、いまだ帰ってこない。

ひとりの転校生を迎えただけで、クラスの雰囲気がガラリと変わるなんてことはありえないが、牧口を筆頭に皆の成績の順位が一つずつ繰り下げになったのは確かだ。かおるときたら、教科書に初めて出てくる漢字をさらりと読みこなしたし、算数の問題でも一番最初に手を挙げた。

いつもクラスの真ん中より下をうろうろしているぼくには、順位が一つ下がるくらい何でもないが、つねに一番でクラスを引っぱってきた牧口には打撃だったろう。学期が変わるごとに、当然のように級長に選ばれてきたし、どん栗先生の信頼も篤かったから。

牧口もダム工事関連で井川に引っ越して来た一人だ。父親は電気設備の技術者で、母親は高等女学校出の教育熱心な人らしい。真一（牧口の名前）はそこのひとり息子だ。勉強はできて当たり前、ぼくらはてんからそう信じていた。

ところで、なぜ牧口と苗字で呼ぶかだが、それは牧口姓がクラスに一人しかいないからだ。ぼくら地元出身者は、どの姓も複数人いるから名前で呼ぶのだ。

返却された答案をじっと見詰めて、浮かぬ顔をしている牧口に気づいて、ぼくは声をかける。

「どうしたの。何かまずいことでもあった？」

「こんな所で失敗するなんて……」

不注意を悔やんでいる。

「どこどこ。見せて」

お節介にも牧口の答案をのぞき込むと98点である。これだけ出来ていたら不足はなさそうだが、「見直しが足りない」と母親からお小言をくうらしい。52点の答案をぐいっとポケットにねじ込み、ぼくは大いに牧口に同情する。

牧口にはこんなこともあった。

身体検査の日だった。男子は皆パンツ一丁で、先生から渡された健康診断表を持って、台秤の前に整列していた。そこに「牧口が女のパンツをはいている」というひそひそ話が伝わってきたのである。牧口に気づかれないように後方から観察すると、たしかに女用に見える。男子は皆一様にうすい木綿の白パンツなのに、牧口のはメリヤスで股下にゴムが入っている。どう見ても女用である。何だか気の毒で、ぼくらは見て見ぬふりをするしかなかった。

後になって牧口の隣にいた者に聞いてみると、パンツはちゃんと前開《あ》きになっていたとのこと。それならあの不格好な代物は何だったのか。それがブリーフという男子用パンツだとぼくらが知るのはずっと後のことだ。

そうそう、どん栗先生の紹介もまだだった。本名は南原《なんばら》秀明先生です。おととしの春大学を卒業し、志望していた山間の児童教育に携わるため井川にやって来ました。初めての担任が三年生のぼくらで、四年、五年と持ち上がりになりました。先生なりの深い考えがあったのでしょう。

厳しいところもありますが、親身になってぼくらの考えや意見を聞いてくれる。頼れる兄のような存在です。

ぼくらがどん栗先生と渾名をつけたのは、先生が見せてくれた学生時代の写真が発端です。舞台の先生はベレー帽をかぶり、白衣を着て画家に扮し、腕組みして何かを考えています。この劇がどんな話かは知りませんが、逆さにした卵のような先生の頭をすっぽりおおったベレー帽姿が、どん栗にそっくりだったのです。

「まるでどん栗みたいだな」

良男がそう切り出すと、堪えていた遠慮のたがが外れ大爆笑がおこりました。

教卓の真剣な先生を見ていると、自然にあのベレー帽姿が浮かんでしまいます。それでぼくらは親しみを込め、仲間内ではどん栗先生と呼ぶようになったのです。

谷間を通学する日々は楽しかった。

工事現場に目をやる。橋台を築くための型板が谷の斜面に組まれている。これまで通った吊り橋の上空にケーブル線が張られ、そろそろと資材が運ばれてゆく。時折、ケーブルを誘導する呼び子が聞こえたりする。

集落の上級生に率いられ、ひと固まりになってお地蔵さんの泉まで来ると、短い休憩をとる。水草をゆらめかせ、小石を巻き上げてこんこんと湧き出る澄んだ冷たい水は、お地蔵さんの恵みのように思われる。通るたびに手を浸し、喉を潤したくなる。渇きがいやされると次は誰かにいたずらしたくなる。不用心な誰かの後ろに回ってプーッと首すじに吹きかける。怪しい気配にさっと身をかわすと、友達が吹いた霧の中に一瞬小さな虹がかかる。

泉の周りの草むらには線香花火のような、かやつり草の穂が幾つも顔をのぞかせている。

お地蔵さんの足元には誰かが占ったかやつり草が……。蚊帳《かや》を吊った形をなすことなく、二本に裂けてしまった茎だ。お地蔵さんに供えて置けば、お地蔵さんの神秘的な力で二人の仲をとりなしてくれる。柔和な顔立ちは、そんな言い伝えを素直に信じ込ませる。

梅雨に入り雨が続く。一時の晴れ間が訪れると、ぼくらはぬかるんだ校庭に飛び出す。どん栗先生が教えてくれた「天下落とし」で遊ぶために。

尖った棒きれで地面に大きな田の字を書く。じゃんけんで将軍、大名、町人、百姓の身分を決める。将軍にサーブ権がある。ボールをワンバウンドさせて狙った陣地に打ち込む。打ち込まれた者は他の陣地に打ち返す。上位を打ち負かせば、順に地位が上がり、負ければ下がる。そして百姓が負かされた時だけ次の者に交替する。

休み時間の楽しみに、ぼくらは一つ覚えみたいに「天下落とし」を繰り返した。

ある日、ぼくらはかおるの机の物入れから、二本のラケットの柄がはみ出しているのを見た。

昨年の夏休み、山村と都市の学校交流で三島の小学校の生徒がやって来た。その時貸してもらって一緒に遊んだあのラケットだ。

お昼休みになる。

かおるは周囲の女子を誘ってバドミントンを始める。

ぼくらは何食わぬ顔で「天下落とし」を始める。

(ぼくらも仲間に入れて)

なんて頭を下げて頼めるわけがない。

そのくせ女子の集団からワーッと喚声が上がると、そっちに目をやらずにはいられない。

「下手くそ」

「見せびらかしやがって」

やじを飛ばしたり、からかったりしながら「天下落とし」に没頭しているふりをする。男子一丸となって、女子の遊びに無関心を装う。ところが意外な裏切り者が現れる。何をやってものろまで成績も芳しくない喜一が、にこにこしながら女子の列に加わっているのだ。

男子の団結を乱す行為に、ぼくらの心中は、穏やかではなかった。ボールを打ち合いながらも、喜一がラケットを握る番になると、意識はがぜんバドミントンに傾く。喜一の腕前はといえば、いつものことで空振りの繰り返しだ。それでも女子の声援を受け、嬉しそうに笑っているのである。

放課後、男子のまとめ役の勝彦が喜一を呼び止め、

「おい、貴様、いつから女になったんだ」

と詰め寄り、指先で胸元を突いた。

後ずさりした喜一は机の角でよろけ、床に転んでしまったが、勝彦の怒りを当然だと思うぼくらは、助けてなんかやらない。

そこへ走って来て、助け起こしたのがかおるだった。

「なんで喜一さんにそんなことするの」

「かおるにゃ関係ないよ」

「関係なくないわ。バドミントンのせいでしょ」

「まあそうだけど。男同士の問題だ。女は引っ込んでろ」

「あら、今は男女同権よ」

いわくあり気な言葉を持ちだされ、勝彦が一瞬ひるむと、猛《たけし》がすかさず助け船を出す。

「かおる、バドミントンはお前のものだけど、運動場は皆のものなんだぞ。勝手に使っていいのか？」

学校には私物を持ち込まないという校則がある。

猛の発言はかおるの弱みを突いている。

「そうだ、そうだ」

とぼくらは意気込む。

「私も心配だったから、昨日の帰りに南原先生に相談して、ちゃんと許可をもらっています」

きっぱりかおるに言い返され、

「そんなら別に文句はないけど」

尻すぼみに猛は引っ込んでしまう。

かおるがそこまで考えていたことに、ぼくらは思いつかなかった。

「皆でやろうと思っていたんだけど、男子は「天下落とし」に夢中のようだったから声をかけなかったの。『入れて』って来たのは喜一さんだけ……。明日は男子の番にしましょ」

羽根を乗せた二本のラケットをかおるは勝彦の前に差し出す。

嬉しそうに受け取ったら男子の面子が丸潰れだ。

(どうしよう)

判断しかねた勝彦は、周囲の男子を見渡す。雰囲気を読み取り、

「じゃあ借りるよ」

危険物でも扱うようにラケットを受け取る。

ぼくらはこの喧嘩の負けを認めざるを得なかった。この上意地を張ったところで何の得にもならないことは分かっていた。やせ我慢を続けるよりも、ラケットを貸してもらい、思い切り羽根を打ち合うほうが楽しいに決まっている。

次の日の昼休み、ぼくらは心置きなくバドミントンを楽しんだ。

順番を待つ列の中にひょろりとした喜一の姿を見つけると、ぼくらの胸はちくりと痛んだ。足手まといなやつと思い込んでいた喜一の中に、ぼくらの知らない喜一がいたことを知ったからだ。

通学の途上、歩みを止めて工事現場を眺める。型板が外され、新緑の斜面に巨大なコンクリートの橋台が姿を現す。

ついこの間まで通学路だった吊り橋への道は、鉄パイプで連結された馬によって堅く閉ざされている。

岩陰のセキレイの巣。よじ登って覗き込むと、うぶ毛の雛がうごめいていたが、元気に巣立っただろうか。岩場から降り注ぐようだった山吹は咲いているだろうか。

見慣れていた日常の風景も閉ざされてしまうと、遥か遠い所になってしまう。

檜林の奥からは、新道を掘削するブルドーザーの唸りが聞こえてくる。

ある日の学校からの帰りだった。

丸木橋まで来たぼくらは、向こう岸に屈んで不穏な動きをしている工夫たちを見つけた。

怪し気な雰囲気に惹きつけられ、急ぎ足で工夫たちに近づいてゆく。男たちの足元には小さな血痕が飛び散っている。ぼくらに気づき、浅黒い年嵩の男が無言で大きく腕を振り、「来るな」の合図をしたが、どこかに疚しさがあり、ぼくらの探究心はますますふくらむ。

流れの中に石囲いがあり、そこには真っ白な生き物が横たわっている。見たことのない姿だ。

「それ何？」

ぼくらの問いには答えず、

「うるさいな」

「こっちに来んな」

手拭いを姉さん被りにした男が加わって、大仰にぼくらを追い払う仕草をする。

皮を剥がれて丸裸にされたそれは、俎板代わりの厚手のボードに引き上げられても、まだ時折四肢をけいれんさせている。

浅黒い男の握る出刃包丁でその腹が切り裂かれる。鮮血が滲み出し、内臓がはみ出す。ぼくらはいよいよ正体が知りたくなる。

大島には何人かの鉄砲打ちがいる。山仕事と兼業だが猟期になると奥山に分け入り、鹿や猪を追う。

里山近くでの猟となると、追い詰められた鹿が村の小径を走り抜けたり、川原に逃げ込んだりすることもある。仕留められた獲物が民家の庭先で解体されていることもある。だからこうした光景は特別珍しいわけではないが、鹿とも猪ともつかぬこの中型のけものが何とも好奇心をあおる。

「子供は早く家に帰れ」

出刃包丁の男が、けものから臓物や肉を切り離しながら、諭すように言う。

ぼくらき聞き流して、知らぬふりをする。

「山羊だよ。子山羊」

これで気が済んだだろうとばかりに姉さん被りの男が言う。でも子山羊となら遊んだこともあるぼくらには、そんな子供だましは通じない。

切り取られた臓物や肉は、姉さん被りの男によって適当な大きさに切り揃えられ、もう一人の若い男によってボールやバケツに取り分けられる。骨や不要な部位は勢いよく流れに放り込む。

出刃包丁の男が顎をしゃくって、若い男に何か指示する。若い男はタチヤナギの根元に隠して置いた、ぼろ切れみたいなものを持って来る。流れの遠くに投げ込もうと、何度も弾みをつける。この弾みで、放たれたぼろ切れがほぐれ、流れに突き出ていた野茨の蔓にだらりと垂れ下がる。まるで種明かしするように姿をさらし、流れに呑まれてゆく。

「あっ、アカだ」

ぼくらはいち時に合点し、驚きの声をあげる。

毛皮の主は、民家の残飯を漁ったり、野山を掛け巡って獲物を捕らえたりして、このあたりに棲みついている野良犬だった。その毛並みからぼくらは「アカ」と呼んでいた。口笛でも吹こうものなら、すぐに尻尾を振って駆け寄って来る気の良い奴だった。

「アカだったよな」

たまに見かけると、頭を撫でてやったり、「お手」を教えたりして可愛がっていた光男が念を押す。

　ぼくらは無言で頷く。

　誰にもすぐ懐く、気の良いところが仇になったのだろう。真相が分かってしまうとぼくらの勇気は急に萎え、そら恐ろしくなってくる。

「まったくよそ者は碌なことはしねえ」

　澄んだアカの眼を思い出しながら、ぼくらは逃げるようにその場を離れた。


　梅雨が終わる。山々を覆っていた靄が晴れる。灰褐色に濁っていた大井川が青く澄み、降り注ぐ日差しをきらめかせる。ぼくらが待っていた夏がやってくる。

　朝の学級会で、どん栗先生はぼくらに嬉しいニュースを伝える。

「たびたびお話ししていますが、西山平の渓谷に建設中のダムが来年の九月に完成します。

来年の夏には、もう大井川での水遊びはできません。そこで皆に大井川に親しんだ楽しい思い出が残るように、学校下の川原に水泳場を造ることを職員会議で決めました。作業に当たるのは五年生と六年生です」

「わーい。いいぞ、いいぞ」

クラス中に大歓声が湧く。


鍬やスコップを担いで登校して来る六年生の姿が何とも頼もしく見える。大事業でも始まるような期待で胸がおどる。

午後の授業は打ち切りになり、ぼくらは二人一組になって箕を持ち、校庭の東側から川原へ向かう。源さんのさつま芋畑を過ぎ、ゆるい坂道を下って、カヤ原に出る。カヤ原を抜ければ川原だ。

川原の東側を水量豊かに本流が奔っている。そこから枝分かれして西側に注いでいる流れを堰《せ》き止めようというわけだ。

先に到着している六年生は水泳パンツや水着に着替え、鍬やスコップで川床を浚ったり、石を掘り起こしたりしている。

ぼくらも手早く着替えを済ませ、六年生が掻き寄せる砂利を箕に受けて運ぶ。流れに一列に沈めてある目印の上に空ける。砂利の堤がだんだん高くなる。堰き止められた水がじりじり嵩を増してくる。やがてぼくらの腰に届く。

水漏れする個所には先生が鎌で刈り取ったカヤを丸めて詰め込む。広がる水面に小波が立ち、初夏の光をキラキラ反射させる。水底の小石がゆらめく。

水の匂いに体の中の何かが呼び覚まされる。鰭《ひれ》でも生えてきたかのように体がむずむずし、箕を放り出してぼくらは水に浸る。

「おーい。まだだぞ」

すかさず、どん栗先生の注意がとんでくる。

堤がさらに積み上げられ、水が胸のあたりに達する。泳ぎのできる深さだ。

「よいしょ、よいしょ」の掛け声で、六年生が数本の流木を運んで来る。岸辺に並べると立派な腰掛けになる。

六年生担任の宮下先生の笛が鳴り、

「作業終了」

の声が水面に響き渡る。

五年生は川下に集められる。入念な準備体操の後、ようやく遊泳が許可される。

岸辺の岩から飛び込む者、蛙みたいに水底に潜る者、鬼ごっこして駆け回る者、さまざまだ。日差しでほてった肌に水の冷たさが心地良い。

村の上級生に大井川の淵でしごかれていたぼくは、泳ぎに自信を持ち始めていた。水泳場の縦十五メートルくらいは平泳ぎで泳ぎきれる。五年生で十五メートル泳げるのは五、六人だろう。

さすがの牧口も水泳は苦手とあって、大柄な生白い体を友達に支えてもらい懸命にバタ足をやっている。

さてそれからは、「明日の体育の時間は水泳場に行きます。水着の仕度を忘れないように」と言うどん栗先生の言葉を、わくわくしながら待つ日々となった。

かおるの泳ぎっぷりはすぐにぼくらの目を惹いた。

お父さんの郷里が千葉の海辺の町で、お盆に帰郷した折には、近くの海に連れていってもらうらしい。荒波に揉まれて育ったお父さんから手ほどきを受けたその泳ぎは、ぼくらの実力をはるかに上回っている。

膝を曲げ体を水に沈める。水底を蹴る。両脚を真っ直ぐに伸ばしバタ足を始める。体をかしげ、腕を前方にくり出す。くり出す腕がきれいに伸びている。左右交互に水を掻く。岸にたどり着くと、二、三度首を振って水滴を払い、帽子からはみ出した髪を手早く押し込む。

「凄い。上手いな」

女子でこんなに泳げるやつなんて見たことがない。ぼくらは転入当初みたいに、かおるの才能を見せつけられる。

ぼくらもクロールを覚えたいのだが、息つぎが難しく、なかなか続けられない。

(かおるの泳ぎを真似しよう)

そう思うと視線がかおるの方にばかりいってしまう。

どん栗先生が笛を鳴らす。

ぼくらは水泳場から上がり、タチヤナギの木陰に移動する。車座になって弁当を広げる。

弁当箱のフタに、流れに冷やして置いたやかんの麦茶を注ぐ。ごくごく喉を鳴らして飲む。じゃが芋とエンドウ豆の煮物、塩辛い鮭の小片をおかずに、麦ご飯を口にかき込む。照りつける日差しの下、さんざんに動き回り、腹ぺこの身には十分なご馳走である。

弁当が済むとあたりの茂みに川原グミを取りに行く。小さな赤い実が熟す頃である。

ぼくらは木に登ったり、枝をたわめたりして、競ってその実を取り合う。

口に含むと、ざらっとした舌触りで、噛み潰すと甘酸っぱい刺激が口中に溢れ、疲れを追い払うように体内に滲みてゆく。口に残った種子は空に向かってププッと吹き飛ばす。

　六月の初めにぼくらは花壇の西側に三本の南瓜の苗を植えた。観察ノートを作ってその成長ぶりを記録した。南瓜は蔓を伸ばし、黄色い花を付けている。この南瓜の水遣りと観察ノートの記録を夏休みの間どうするかが問題になった。

男子の間からは、

「学校の一番近くに住んでいる、明君にやってもらえないだろうか？」

という意見が出る。

実際に明の家は学校のすぐ裏で、距離にして七、八十メートルである。引き受けてもらえば皆大助かりだ。

「じゃあ明君やってくれますか？」

牧口が明に問いかける
「できない日もあるかもしれないけど、やってもいいよ」

強く拒否する様子もないので、明にやってもらうことで決まりかけているところへ、

「明さん一人に押しつけてしまうのは良くないと思います。皆でここまで世話をしてきたのだから、水遣りも皆でやったほうがいいと思います」

クラス一ののっぽで副級長の春代が待ったをかける。

「当番を決めて交替でやればいいと思います」

女子勢が春代の意見を後押しする。

そのくらいの考えはぼくらにもあったのだが、夏休みくらい学校生活から離れて気楽になりたい。

毎日、皆学校から遠く離れた集落から通学して来る。その点で、明はずい分得をしている。たまにはそのお返しをしてもいいんじゃないか。そんな思いもちらりとぼくらの胸にあった。

後方の窓際にもたれて腕組みし、話し合いの成り行きに耳を傾けていた先生が、おもむろに口を開く。

「今から皆で南瓜を見に行きましょう」

話し合いを打ち切りにして、ぼくらは校庭に出る。

ところどころに黄色い花を付けた南瓜の蔓は、花壇の竹垣を乗り越えそうな勢いで茂っている。

「南瓜の苗を植えた時、南瓜は雄花と雌花を付けることをお話ししましたが覚えていますか？」

女子の数人と牧口が手を挙げる。

正直なところぼくはまったく覚えていなかった。南瓜の花になんか、何の興味もなかったから。

「よーく観察して、雄花と雌花を見分けてみよう」

ぼくらは葉っぱや蔓を踏みつけないよう注意して花壇に入る。屈んで花ににじり寄り、あれこれ見比べる。でも、どれも同じようにしか見えない。

「ほら、これ、お花の下がふくらんでいるでしょ。これが雌花」

隣りに屈んで教え合っている女子の声を耳にする。指さす花の下には小さなふくらみがある。

南瓜の実が育ち始めている！

（小さなふくらみを持つ花が雌花なんだ）

その手があったかと妙に納得させられる。

そして、ふくらみを持った花とそうでない花とをもう一度じっくり見比べる。手の平をすぼめたような形の雌しべ、つくしんぼのような形の雄しべ、歴然とした違いに気づかされ、目からうろこが落ちる。

（よーく観察していたはずなのに）

「雄しべと雌しべが、風や虫に手伝ってもらって受粉した結果、雌花は小さな実を付けました。雄花と雌花に分かれることで、実の付く確率は半分になりますが、その分、大きくしっかりした実にすることができます。雄花と雌花の違いは皆分かりましたね。

向こうの木陰に移動しましょう」

ぼくらは先生の後について校門の楓《かえで》の木陰に移った。

青々と茂った楓の葉は日差しを遮り、ひんやりして心地良い。そこにぼくらを屈ませ、先生は質問する。

「植物が花を咲かせたり、果実を生らせたりするのは何故だと思いますか？」

植物が花を咲かせたり、実を生らせたりするのは自然なことだから、皆どう答えれば良いのか首をひねる。

「たぶん、人を喜ばせるためじゃない」

苦しきまぎれの敏郎の答えは、皆を笑わせようとしてのことだ。

「うーん。面白い考え方です。植物の性質の一面をとらえています」

「花は実を生らせるため、実は種子を作るため、子孫を残すためだと思います」

答えたのはかおるである。

花が実を生らせるためは分かるけれど、実が子孫を残すためというのは分からない。リンゴでもアケビでも種子は邪魔で困る。

「そうですね、皆さんの家でも胡瓜やナスを作っているでしょう。その中で特に形良く育ったものを、種子を取るために残して置くのを見たことはありませんか。作物の時季の終わり頃、種子を取り出し、よく乾燥させ次の年まで保管します。植物には次の世代に生命を伝えようとする力があります。子孫を残そうとするのです。この力を利用して人間は作物をつくっています。

でも、ここで植物の側に立って考えて見ましょう。どうすれば種子を残せ、子孫をふやすことができるか。そのためには上手に人の手を借りることです。人を喜ばせれば、種子を残してもらえるかも知れません。敏郎君の考えを押し進めてゆくと、ここに行き着きますね。植物にとって一番大事なこと、それは子孫を残すための種子を作ることです」

先生はそう言って楓の梢を仰ぎ見る。

「紅葉の頃、この楓の木から竹トンボの羽根のようにくるくる回って飛んで行くものを見たことはありませんか。子孫を残すための種子を風で遠く飛ばしているのです」

（見たことがある。面白いなぁと思って見とれたことが……。あれは楓が種子を飛ばしていたんだ）

「一箇所に根を下ろし、身動きできない植物は、より良い条件で子孫を育てるために、目に見えない競争をしています」

先生の話が終わり、皆立ち上がる。

列の後ろにいた勝彦が飛び跳ねて頭上の枝を引き寄せる。

「先生、こんなに種子がついています」

皆、勝彦がたわめた枝先に集まって来る。

楓の葉むれから、飛び立つ羽蟻の羽のような、うす緑の種子が幾つもぶら下がっている。こんな小さな種子がいつか木陰をつくるほど大きな樹になるのだ。

目の前に広がる山や林や草原、その中の木や草や花々の一本一本に、次の世代に生命をつなげようとする力が隠れている。生き残るための競争が行われている。想像をふくらませながら、ぼくらは教室に戻る。

「水遣りは全員でやりましょう」

女子の間で口々に交わされる意見にもう反対する者はいない。

面倒なことなんてやりたくないと思っていた、さっきまでの気持ちは追い払われ、身近なところからしっかり観察して、新しい発見をしたくなる。

「クジ引きで当番を決めればいいと思います」

春代が提案する。

「二人一組になればいいでしょう。私も加わります。この人数ですから、休みを通して一人二回になりますね、当日雨だったら、その組はお休みです。時間は登校時間が目安ですね」

先生から具体的な二回という数字が示され、ぼくらの肩の荷は一段と軽くなる。四十日間の中の二日ならどうってことはない。皆で公平にやった方が良いに決まっている。

早速クジが作られた。

「同じ番号の人が組になります」

牧口がクジを入れた缶を持って教室を回る。一人ずつ缶から折り畳まれた紙片を取る。紙片を広げて番号を確認する。全員にクジが渡ったところで、牧口が1から順に番号を読み上げる。該当者は起立して相手を確認する。春代が組合せと日にちを記録する。ぼくの番号は5番。誰とやるのだろう。「5番」と告げる牧口の声に起立したもう一人は、かおるだった。ぼくは困ったような顔をした。でも嫌じゃなかった。

夏休みの最初の日曜日、ぼくの家族は、父の運転する三輪トラックの荷台に乗って、西山平の渓谷にダム工事の現場を見学に行った。

途中の井川本村は、卯山《うさぎやま》の麓の段丘に広がる井川の中心地である。役場、郵便局、診療所、農協など、色んな施設のある大集落だが、その半分は水没区域であるため、段丘の高所に次々と移転し、新しい村造りの真っ最中である。

新しく付けられた道路の両側に建ち並ぶ、しゃれた造りの住宅や商店は、どこか知らない遠くの町並みのようである。

西山平も新しく切り開かれた所で、農地の代替補償としての畑や田んぼが広がる。これまでの井川にはなかった風景だ。

西山平を過ぎ、尾根伝いにしばらく行くとパッと視界が広がる。道路から谷側へ突き出すように見晴らし台がしつらえてあり、建設現場が一望できる。日曜日のせいか作業する人は少なかったが、巨大なコンクリートの砦を蟻のように動き回っている。

父はダム建設に関する問題の対策委員を任されており、たびたび説明会に駆りだされているので、ダムについては詳しかった。

「今は大井川の流れを変えてあり、向こう側の仮水路を流れているんだ。堰堤が完成したら仮水路を閉じて、水を溜めるわけだ。仮水路の泥浚いをしていた潜水夫が、排水口に吸い込まれる事故があっただろう。あのあたりで起きたんだよ」

父はコンクリートの砦の向こう側を指さす。

三ヶ月ばかり前のことになる。

泥浚いのため仮水路に潜っていた潜水夫が交替時間を過ぎても浮上して来ない。水が濁っていて水中の様子が分からず、命綱だけで生きていることが確認される。

静岡中央警察署を通じて救援の潜水夫探しが行われる。事態は一刻を争う。崩落の多い林道を強行突破したり、特別仕立ての軌道に乗ったりして二人の潜水夫が現地に辿り着く。早速救助にあたり、持って来た水中電灯の明りで、排水口に片脚を吸い込まれている潜水夫を発見する。激しい流れと戦って、衰弱し切った潜水夫を引き上げる。九時間ぶりのことだった。待機していた医師の手当てを受け、潜水夫は意識をとり戻す。

人々の協力、勇気、生命力、すべてが結集され、六時間が限界といわれている潜水時間を超え、一人の命が救われた。

「九時間も水中に閉じ込められていて助かるなんて、奇跡だ」

周りの大人たちから発せられる「奇跡」という言葉が快くぼくらの耳に響く。

新聞、ラジオ、テレビは災いを喜びに転じたこのニュースを大々的に報じた。

こうして大井川の上流の小さな村の名は、全国に知れ渡ることになる。

「このダムは中空重力式といって、日本で最初の内側が空洞になったダムなんだ。中にはエレベーターで降りて行くんだぞ、堰堤の上は道路となり、大日峠を越える林道とつながって、二時間で静岡の町に出られるようになる。完成は来年の九月だから、あと一年と少し。井川も大きく変わるぞ……」

父の話はそっちのけで、弟たちは川底を行き来するダンプカーやシャベルカーに見入っている。

帰り道、オート三輪は来た道とは別の道に入って行く。

「お父さんがラーメンでも食べて帰ろうって」

揺れる荷台でにこやかに母が言う。

車は賑やかな商店街に入って行く。日々の暮らしとつながる八百屋、魚屋、荒物屋、衣料品店、理髪店などの他に居酒屋、映画館、パチンコ店、球撞き屋などが建ち並んでいる。日曜日のお昼どきというわけで、工夫や村人が賑やかに通りを行き交っている。通りの中ほどにある、赤いのれんを下げた食堂の脇に父は車を止める。

「ここでラーメンを食べていこう」

父は弟たちを荷台から下ろす。

板張りの床に手造りのテーブルと椅子を並べた飾り気のない店だが、味は良いらしく混み合っている。店の奥に空席を見つけてぼくらを座らせると、父はオムライスと冷やしラーメンを注文し、ガラス戸の冷蔵庫からオレンジジュースとサイダーを取り出して来る。

注文の品が運ばれて来る。弟たちにはオムライス、後の四人には冷やしラーメン。家族揃って食堂で食べるのは初めてだ。

ラーメンはあのふくらし粉のような香りが苦手で、ぼくは好きではなかった。でも冷やしラーメンは、見た目からしてぼくが知っているラーメンとは違っていた。丼ではなく皿に盛ってあり、メンの上に細かく刻んだ胡瓜、卵焼き、鳴門、ハムが並び、その上に掻き氷がまぶしてある。ふくらし粉の匂いはなく、甘酸っぱいおつゆにからめて啜り込むと、とても美味しい。

父はここの冷やしラーメンを誰かと食べたことがあり、家族の皆に食べさせたかったのだろう。

でこぼこの道をオート三輪の荷台で揺れながら村に帰る。見慣れた山と川と家並みの風景の中へ戻って来る。杉皮葺きの黒ずんだ一軒の家。玄関のガラス戸を開けるとわが家の匂いがしてくる。


南瓜に水を遣りに行く日がくる。

捕虫網を持ち、虫籠を肩に掛けてぼくは家を出る。

谷間には発動機の唸りが響き、ケーブルに吊り下げた鉄骨がそろそろと谷を渡って行く。

校門を入ると、玄関の庇の陰に水色のワンピースに白い夏帽子をかぶったかおるが、如露を下げて立っていた。

「おーい。待った？」

「私も今来たところ」

虫籠を揺らしながら、手を振るかおるの方へぼくは駆けて行く。

透明な刺を光らせ、南瓜の蔓は勢いよく地面を這っている。釣鐘形の花の下のふくらみは、すでにこぶしくらいの大きさになっている。

如露の水を蔓の根元にたっぷりかける。時どき跳びはねた水に驚いて、熊蜂が花の中から飛び出したりする。余った水を植込みを這う朝顔にやったり、花壇の端っこで背比べしている向日葵にやる。

玄関の掲示板に吊り下げてある観察ノートを取りに行く。花の数、ふくらみの数をかぞえる。ふくらみの表面にはうっすらと縞模様の浮かんでいるものもあり、その様子をノートに記す。

「終わったね。兎を見に行こうか」

宿直室の隣の小屋で六年生が兎を飼っている。

「かおるさんは兎が好き？」

「ええ、大好き」

「そう。うちでも飼っているんだ」

「いいな。可愛いでしょ」

「うん。ぼくが世話してるんだ」

(欲しかったらあげようか)

そう言い出しそうになって、ぼくは慌てて口を噤む。

生きものの世話をするのは大変なことだから、その場の思いつきで貰ったり、やったりしてはいけないと両親からたしなめられている。あげるなら動物が好きというだけじゃなく、きちんと世話ができるかどうか見極めてからだ。

初めは夢中で可愛がるが、そのうちだんだん飽きてきて、餌をやったり糞を片付けたりするのが億劫になってしまう。それはぼくも経験したことだ。

兎はぼくらの方に駆け寄ってきて、何かいいたげに鼻先をもごもごさせる。餌当番はまだ来ていないのだろう。餌がもらえないことがわかると、奥へ引っ込んでゆく。

「ぼくはこれから裏の林に蝶を捕りに行くんだけど、かおるさんはどうする？」

「面白そう。私も行っていい」

「うん。いいよ」

ぼくらは校庭の東側の備品棟の脇から雑木林に入る。

あたりはススキに蔽われているが、所々にヒメジョオンやホタルブクロが咲いている。もう少し奥に進むと、いつもぬかるんでいる湿地があり、そこによくとんぼや蝶が集まる。

ススキの茂みから山百合がひときわ高く姿を現し、強い香りを放っている。花に目を凝らすと、黒揚羽が羽を閉じて身をひそめている。触角を震わせながら蜜を吸うのに夢中で、こちらには気づいていない。

「ほら、あそこを見て」

ぼくは小声で囁く。

かおるは黙って頷き、ぼくの仕草を見守る。

(こういう時は慌てちゃ駄目。蝶の後ろに網を据え、浮かんだところを平行にすくって半回転させる)

ぼくは自分に言い聞かせ、慎重に歩みを進める。ところが蝶にばかり気をとられ、足元がおろそかになっていた。ぬかるみに足を滑らせてひっくり返りそうになり、捕虫網の柄を思いっきり山百合にぶつけてしまう。「あっ」と叫んで、ぼくが体勢をたて直すより早く、黒揚羽はふわりと空に舞い上がり、優雅に林の奥へ逃げてゆく。

かおるが笑ってぼくを見る。ぼくは笑って頭を掻く。

点在するぬかるみを避《よ》けて小径は続く。

茂みの奥に櫟《くぬぎ》の古木が見えてくる。その幹には昆虫をおびき寄せるために、誰かがナイフで刻んだ数本の傷痕がある。近づいて行くと、果実がすえたような甘酸っぱい樹液の匂いがする。

足音をしのばせ、ぼくはそっと幹を回り込む。木漏れ日が幹にまだらの影をつくっている。幹に同化して身を潜めているジャノメ蝶、明るい緑色に輝くカナブン、スズメ蜂、蛾など、色んな昆虫が寄り集まっている。傷痕から、ゆっくり視線を上げてゆく。

「あっ。いる。ノコギリクワガタだ」

幹の高い所で、チョコレート色の甲殻が煌めく。このあたりにはミヤマクワガタが多く精悍な感じのノコギリクワガタは珍しい。

瘤を足がかりに幹を這い上がり、獲物との距離をちぢめる。枝を足場にして体勢を整える。手を差し伸べて、拇指と人さし指でしっかりハサミの付け根を押さえる。

「やっとつかまえたぞ。こいつが欲しかったんだ」

予期せぬ幸運にありついて、われを忘れる程ぼくは嬉しかった。獲物を肩に止まらせ、用心深く幹を下りる。

かおるは何があったのか理解できず、きょとんとしている。

「どお。いいでしょう」

ぼくは得意気にかおるの前に差し出す。

「怖い？」

「大丈夫」

ぼくはかおるの手の平に獲物を乗せる。チョコレート色の甲虫は、かおるの腕をもぞもぞと這い上がり、肩先へ向かってゆく。くすぐったそうにかおるが身をよじる。腕に薄っすらと粟粒が浮いている。ぼくはすぐにノコギリクワガタを剥ぎ取って虫籠に入れる。

湿地をひと巡りして櫟の古木に戻って来る。新たな獲物は見つからない。林の奥からはミンミン蝉の鳴き声が、うねりのように響いてくる。

「帰ろうか？」

かおるの気持ちを察してぼくは言った。

安堵の表情でかおるが頷く。

獲物を求めてはやっていた気持ちが鎮まってくると、男同士でしか来ることがなかったこんな場所に、かおると一緒にいることが夢のように思えてくる。その一方で、行動の逐一を誰かに空の高い所から見張られているような不思議な気持ちになる。

日差しが照り返すがらんとした校庭まで戻って来た時、ぼくはかおるの帽子に絡んでいたクモの糸を払ってやった。

「亘太くん、夏休みの間にどこかに連れて行ってもらう？」

「ううん。どこにも行かない。この前西山平のダム工事現場を見に連れて行ってもらったけどね、かおるさんは？」

「私ね、近叔母さんと藤沢に行くの」

「近おばさんて、この前いた人だね」

「そう。藤沢は叔母さんの生まれた所。江ノ島の近くなんだ……」

「いいね。いつ行くの？」

「お盆ころ、一週間くらい」

「ふうん。近おばさんてどういう人なの？」

「お父さんと一緒に仕事をしている従弟《いとこ》の石浜叔父さんのお嫁さん」

「かおるさんのお母さんみたいだね」

「そう。お母さんみたいな人。でもお母さんじゃないんだ」

その答え方には何かを諦めようとしている感じがある。

（かおるさんはお母さんはいないの？）

口を突いて出そうになった疑問を、ぼくはのみ込む。

「今まで何回ぐらい転校したの？」

「ここで四回目」

「井川は山の中だから面白くないでしょ」

「ううん。初めはそう思ったけど、もう慣れちゃった。皆とも仲良しになれたし、今は楽しい。生まれたのは東京だけど、三歳までしかいなかったから、東京のことは何も知らないし、覚えてもいない。覚えているのは、お父さんの仕事で行った所ばっかり」

「ふうん。そう」

話しながら谷間の丸木橋を渡る。

坂を登って檜林を抜ければ飯場だ。

「亘太くん、本読むの好き？」

「うーん。漫画を読むのは好きだけど」

「この前読んだんだけど、『十五少年漂流記』が凄く面白かったから、亘太くんも読んでみない。家にあるから貸してあげる」

漫画なら喜んで読むけれど、活字の本は学級文庫の偉人伝も世界名作童話も途中で投げ出してしまったので、読み通す自信はない。

「読めるかなあ」

「大丈夫。面白いから」

かおるの言葉に誘われ、ぼくは飯場の敷地に入って行った。

「じゃあ、ここで待っている」

玄関先でぼくは言った。もうお昼時である。お昼時には余所の家に上がらないよう、母からきつく言い含められている。

「ただいまあー」

語尾を引き延ばし、遠くへ呼びかけるように、かおるが帰宅を告げると、近叔母さんが出て来る。

「はーい。お帰りなさい」

戸口に突っ立っているぼくを認めると、

「あら、亘太君、いらっしゃい」

優し気に目を細める。

（ぼくの名前、覚えていてくれたんだ）

心が和らぐ。

「こんにちは。本を借りに来ました」

ぼくがその場から動こうとしないのを見て取ると、

「遠慮しないで上がってちょうだい」

親しみのこもったかおるの睨むような目を見て、ぼくは上がらせてもらうことにした。

この前ジュウシマツを見せてもらった、縁側に面した明るい部屋に通される。縁側に面して机、机の上に蛍光灯スタンドが置かれ、後ろの本棚には図鑑や全集が並んでいる。

「暑かったでしょ」

近叔母さんは折り畳みテーブルの脚を立て、カルピスとサンドイッチを載せたお盆を置く。

「さあどうぞ。食べてちょうだい」

叔母さんの口調を真似るように、

「さあどうぞ」

かおるが重ねて言い、コップをぼくの方に近づける。

母の言いつけを頭に浮かべつつ、ぼくはおもむろにコップに手を伸ばす。

「いただきます」

甘く、ほんのり酸っぱい冷えた液体が、渇いていた身体にじんわり沁みてゆく。

「さあどうぞ」

今度はサンドイッチを盛った皿を近づける。

かおるの弁当箱で時々見かけることがあったサンドイッチ。それがどんな味のするものなのか、ぼくは大いに興味をいだいていた。ハムと胡瓜とトマトを挟んだ三角形のパン。

空腹と期待。母の言いつけは霞んでゆく。コップを置いた手を、ぼくはサンドイッチに伸ばす。パサッとしたパンの舌触り、ハムや野菜の歯応え、にじみ出るマヨネーズ味。菓子パンのような甘みのある味を思い描いていたが、想像は外れた。いかにもご飯代わりの食べ物という感じだ。

「サンドイッチって初めて食べた」

「そう。おいしかった？」

「うん。おいしかった。お菓子じゃなくて、ご飯だって分かった」

お盆のコップで氷塊がカリンと音をたてる。

「ジュウシマツは元気？」

「この前卵を生んだんだけど、孵らなかったの。雌同士かも知れないってお父さんは言うんだけど……」

「鶏もそうなんだ。雄鶏のいる小屋の卵じゃないと孵らないんだよ」

「そう」

ぼくらは縁側に立って鳥籠を見上げた。

二羽のジュウシマツは止まり木に仲良く寄り添っている。

風はなく、庭のぼたん杏の木が黒々とした陰を地面に落としている。

かおるは本棚に並ぶ児童文学全集の中から一冊を引き抜いて、ぼくに差し出す。

「返してもらうのはいつでもいいから」

「じゃあ、貸してもらうね」

『十五少年漂流記』だった。


ページを開けると、そこには嵐の海に放たれ、山のような波が叩きつける帆船の甲板で、船を港に戻そうと奮闘する少年たちの勇ましい姿が描かれている。面白そうだ。これまでにも幾度か厚手の読み物に挑戦したことはあったが、お終いまで読み通せたことはない。今度は読み通せるかも知れない。挿画の情景に期待がふくらむ。けれども読み始めると登場人物が多く、名前が覚えられない。ページを戻っては確認しているうちに熱意もさめてくる。

二階へ上がる階段の端っこに置いたまま幾日かが過ぎた。

その日、川遊びにくたびれ果てたぼくは、居間に寝転がり、そのまま眠り込んでしまった。夕食に母が起こしてくれた時、翌朝と勘違いするほどぐっすり眠っていた。そのせいでお風呂に入った後も一向に眠くならない。

読みかけだった『十五少年漂流記』を手にとり、二階の子供部屋に上がる。

次の水遣りの時、かおるに本のことを聞かれるかも知れない。ちょっとばかりは気にかけていた。でも読み始めるとやはり人名で混乱する。そこで名前と役割と性格を抜き出してノートに箇条書きにする。それを傍らに置いて照らし合わせながら読み進める。すると印象が固定し、少年たちの輪郭がくっきりしてくる。物語の世界が鮮明な映像になり、彼等の冒険にいつしかぼくも加わってゆく。どきどきしながら、ぐんぐん読み進める。ふと気がつくと半分位までできている。

ひと休みしよう。物音をたてないように階段を下り、台所に水を飲みに行く。部屋に戻り、再び少年たちの世界に入ってゆく。

どうすれば無人島で生きのびることができ、どうすれば故郷の港に帰れるか。少年たちは互いに協力し、知恵を出し合い困難な状況に挑んでゆく。

共感を覚え、ページをめくっているうち、いつしかぼくは、ぼくの前に立ちはだかっていた読書の壁を乗り越えていた。明け方『十五少年漂流記』を読み終えた。

雨戸を開けると、あたりはうっすらとした闇におおわれている。ぼくはまだ物語の余韻の中にいて、少年たちの言動、荒涼とした海岸、住み処にした洞穴、湖水などに思いを馳せる。

やがて明るくなってくると、物語の風景と入れ替わりに、いつもの村の風景が輪郭を濃くしてくる。遠くの山々、山裾を流れる大井川、茶畑、幹線道路、家並みとなじみの村が現れる。早起きの小鳥が電線でさえずる。

　一冊の本を初めて読み通すことができた。


　二回目の水遣りの日がくる。

　寄り道を予測して早めに家を出る。集落を抜けてしばらく行った山際のコナラの木で、青い背中に、対称に黒丸が浮かぶカミキリ虫を摑まえ、茶畑山の葛の茂みでは虎のようなまだらのある蝶を捕らえる。

　かおるは玄関の日陰に屈んで待っていた。

　近叔母さんの故郷の海で過ごしたのだろう、見違えるくらいに浅黒く日焼けしている。

「おーい。待たせてごめん。『十五少年漂流記』すごく面白かったよ」

「そうでしょう。良かった。きっと読めると思った」

「はじめは名前が覚えられなくて、誰がだれだか分からなかったけど、だんだん分かってきて。そしたら面白くなって……」

「そう。私もそうだった。ずっとブリアンを応援しながら読んだの。女子が一人も出ないのが、ちょっともの足りなかったけど」

かおるは提げていた花柄の巾着から小さな巻き貝を取り出す。

「これあげる。江ノ島の海岸で拾ったの」

「ありがとう。江ノ島ってどんなとこ？」

「長い橋を渡って行くきれいな島」

「ふーん」

ぼくらは手際良く水遣りを済ませ、観察ノートをつける。

若葉色のつやつやした六個の南瓜は順調にふくらみを増し、敷き藁の上にちょこんと座っている。その重みで南瓜の尻が傷まないよう、苗を提供してくれた和田さんが気を利かせて敷いてくれたのである。

ノートを返しに行き、廊下に座ってぼくはかおるに虫籠を見せる。

ぼくらの話し声が聞こえたのか、開け放たれていた職員室から宮下先生が姿を現す。先生は六年生の担任だが、ぼくらの理科の先生でもある。

「亘太君か。何か捕れたかね」

かおるは持っていた虫籠を宮下先生に見せる。

「蝶とカミキリだね。名称は知っていますか？」

「知りません」

「じゃあ、調べてみましょう。かおるさんも一緒にいらっしゃい」

宮下先生はスリッパの音を弾ませて廊下の突き当たりの理科室に向かって行く。

閉め切られていた部屋はアルコールやホルマリンの匂い、ウニ、海星《ひとで》、珊瑚《さんご》などの標本が発する匂いが入り交じっていてムッとする。虫下しのかいにん草を煎じる時の給湯室のようである。

先生がカーテンをはねのけ、窓を開けると爽やかな風が吹き込み、肺にしみてくる。

先生は分厚い図鑑を書棚から抜き出し、蝶の項目を開ける。

「実物をよく観察して、同じ蝶を探してごらん」

先生は図鑑をぼくらの向きにずらす。

ページ一面にずらりと並ぶ蝶を片っ端から目で追い、何ページかめくったところで、橙色の羽根に黒い斑点が散らばる蝶を見つける。説明文も体長も当てはまる。

「これだと思います」

「見つかったかね。どれどれ」

先生は図鑑を引き寄せ、入念に籠の蝶と図柄を見比べる。

〈タテハチョウ科・ヒョウモンチョウ〉

「この図版はちょっと色が褪めているけど、間違いないでしょう」

そう太鼓判を押す。

ぼくらはほっと胸をなでおろす。

「採集した日にちと場所をきちんと書いたほうがいいね」

言いながら先生が考案したガリ版刷りの記録用紙をくれた。

カミキリ虫は特徴がはっきりしていて見つけ易い。

〈カミキリムシ科・ルリボシカミキリ〉

「先生、これも調べたいんですが……」

ぼくはポケットを探って、かおるにもらった小さな巻き貝を取り出す。

「ほほう。珍しいものを持っているね」

「さっきかおるさんにもらったんです」

「江ノ島の海岸で拾ったんです」

かおるが口を添える。

「江ノ島かあ。六年生になったら修学旅行で行きます。大きな水族館があります」

先生は書棚から別の図鑑を取り出し、索引を指でたどった後、螺旋《らせん》状の殻にミルクを垂らしたような図版をさす。

「これですね」

図版の下の名称を、ぼくは読む。

〈イトカケガイ科・ネジガイ〉

先生は改めて巻き貝を手のひらに載せ、転がしながら細部を見た。

蝶、カミキリ虫、巻き貝、それぞれの名称を調べる作業は楽しかった。野山や海辺でひっそり生きている小さな生きものたちも、皆それぞれに名称を持っている。それが突き止められた時、より広い世界への扉が開く。虫たちと一緒にぼくらも広い世界に繋がってゆく。そんな気がする。

宮下先生にお礼を言ってぼくらは理科室を出る。

宮下先生は田代の庄屋さんと呼ばれる家に下宿している。この家の少し耳の遠いお婆さんが語る井川の昔話や伝説に心惹かれ、ノートに書き溜めているらしい。山に鎖《とざ》されていて外部との交流が薄かったぶん、物語には深い味わいがある。引っ越しや縁《ゆかり》の地の水没でそれが散逸してしまうのを惜しんでいる。

土曜日の夜には遠くの集落まで出掛け、囲炉裏端で遅くまで話を聴くらしい。

「ねえ、兎を見に行きましょう」

決まりごとみたいにかおるが誘う。

「いいよ」

笑ってぼくは応じる。

兎小屋に着くと、提げていた巾着から新聞の包みを取り出す。包みを広げると、割り箸みたいに切り揃えた人参が出てくる。

「この前来た時、何だかつまらなそうにしていたから」

金網の隙間にさし込んで人参をゆらすと、兎は喜んでぼくらの方に跳ねて来る。旨そうにコリコリと人参を食む。

「かおるさん、兎をあげようか？」

前から考えていたことなので、ぼくにためらいはない。

とっさのことに、かおるは目を丸くしてぼくを見る。すぐに本気だと分かって顔をほころばせる。

「ほんと。嬉しいな。いつか飼ってみたいと思っていたんだ」

「巣箱を作らなくちゃならないよ。出来たら持って行く」

そう約束し、巣箱のこと、主食のペレットのこと、タンポポやノゲシのような白い乳の出る野草を好むこと、毎日新鮮な水に取り替えることなど、これまでの経験で学んだ飼い方のあれこれを、ぼくはかおるに教える。

日盛りの坂道をぼくらは谷間に下りる。

お地蔵さんのある泉まで来ると、水を飲むためにぼくは敷石に腹這いになった。白い歯をのぞかせるかおるの顔が水面に映る。ぼくは顔を浸してごくごく喉を鳴らす。

「かおるさんも飲む？」

頷いてかおるはぼくの隣に並び、ひざまずいて両手で水を掬う。

「わー。冷たくておいしい」

喉を潤し、立ち上がったぼくの目に傍らの草むらが映る。照りつける日差しに火花を散らすように穂を弾けさせる一本のかやつり草。

かおるは濡れた口元をハンカチでぬぐい、手の平で膝小僧を払う。

工事現場からはいつものように発動機の唸りが聞こえ、時折、鉄骨をつなぐ溶接の火花が光る。

雑木林に交じる栗の梢には青いイガが光り、ミズナラに絡まるアケビの蔓を追ってゆくと、その葉かげに拇指ほどの果実が隠れている。

笹のトンネルを抜け、つづら折りの坂を登り切る。

「巣箱の準備ができたら教えてね」

「うん、今夜頼んでみる」

「じゃあ、さよなら」

「さよなら」

檜林を抜け、カンカン照りの幹線道路に出てぼくらは別れた。

夏休みも終わり近い、ある夕方のことだった。

「今晩は、亘太君はいるかね」

騒ぎ立てぬよう抑えた口調で京一の両親がわが家を訪ねて来る。

「亘太君、京一を見なかったかね」

その日小父さんと小母さんは、朝早くから遠くの山に下刈りに出掛けた。京一と弟の久《ひさし》の弁当は卓袱台に用意して置いたのだが、山から帰ってみると京一の弁当が手つかずのままで、久に聞いても知らないという返事なのである。それで心配になって尋ねて来たのだ。

京一たちの家は水没区域にあり、この五月にわが家の東隣に引っ越して来たばかりだった。それで京一とはひんぱんに行き来する仲になっていたが、その日は一度も会っていなかった。

話を聞いた村人が公民館に集まり、捜索の打合せをしていると、大島の同級生である行男も家に帰っておらず、「二人が大島の集落の南外れから、大井川へ下りて行くのを見た」という中学生の話が飛び込んでくる。

早速、分担を話し合い、それぞれの集落から下流を捜索することになった。

捜索の当初は山も範囲に考えていたから、川へ下りるのを見たという証言により、貴重な時間を川筋に絞り込めた。しかし危険度は山より川の方が高い。捜索隊員は一層気を引きしめる。

隊員は一団となって川原に下りて行く。下りた地点で横一列に広がる。

「京一くーん。行男くーん。いたら返事をしろー」

迫る夕闇に向かって隊員は呼びかける。懐中電灯でほうぼうを照らし出す。川岸は特に念入りに照らして見る。ごろごろと石の転がる足元の悪い川原を、横一列のまま進む。中山から五百メートル程下流の吊り橋まで来た時、

「助けて！　助けて！」

夕闇の中に応答がある。

「おーい。どこにいるんだ」

「こっちだよー」

「京一君と行男君か？」

「そうだよー」

「今助けに行くぞ。大きな声を出せ」

闇の中で居場所を特定するのに、声は大きな手がかりになる。二人の男子の声は吊り橋近くの崖の方からである。元気そうな声に隊員は色めき立つ。

「今助けに行くぞ。大きな声を出せ」

「助けてー。こっちだよー」

隊員は絶えず二人に呼びかけ、声のする方に迫って行く。


この日、大島の角《かど》屋にテグスを買いに行った京一は路上で偶然に行男と出会った。釣り好きの二人が話し込むうち、行男が「がま石」のことを話し出す。「がま石」は京一もいつか行ってみたいと思っていた所だ。興味津々で聞いていると、そこへの行き方も知っているという。

「がま石」は中山から二キロ程下流の左岸からクルミ沢が注ぎ込む所だ。遠くだから子供だけで行くような所ではなかったが、話が弾み、たまらなく行きたくなってしまったのだ。すぐに出発すれば、充分に明るいうちに帰って来られる気がした。

二人の声が聞こえてくる岩場まで進んで、捜索隊員はさらに呼びかける。

「京一君。行男君。どこにいるんだ」

「ここでーす」

声の方向に一斉に懐中電灯の光の輪が振り向けられる。

漸く崖の窪みに、白くうごめくものを発見する。

「がま石」からの帰りが予定より大幅に遅れてしまった二人は、吊り橋を渡って一刻も早く幹線道路に出ようとしたが、吊り橋への道が見つからない。釣り人が踏み分けた道を辿って行くと、途中で消えてしまい、それでもがむしゃらに進んで行くと切り立った岩場に出て、行くも退くもままならなくなってしまったのだ。

崖を登っての救出は困難と判断した捜索隊は、二人の見張りを川原に残し、吊り橋まで上がって崖上から救出を試みることにする。川原からの明りと呼びかけに応じる声から、二人の位置を割り出す。固定したロープを崖から垂らし、救助訓練を受けたことのある稔さんがロープを伝って下りてゆく。

二人は岩の窪みにじっと身を寄せていた。

「怪我はしていないか？」

「大丈夫です」

懐中電燈で二人の顔を照らし見る。

「二人とも元気だぞー」

大声で捜索隊に伝える。

手筈通りに京一の腋の下にロープを巻き、引き上げの合図を送る。ひき続き行男が、最後に自身を縛って稔さんが引き上げられる。捜索隊から歓声と拍手が湧き起こる。

すでに合流していて、この救出に協力していた大島組に行男が引き渡される。

京一の父親は人目もはばからず京一を怒鳴りつけ、拳骨を振り上げる。

すぐに隊員が割って入り、

「まず訳を聞いてみましょう」

と父親をなだめる。

「一体どこへ行ってたんだね」

諭すように京一に問いかける。

「がま石」

そう聞いて周りの皆がびっくりした。とうてい子供だけで出掛ける場所ではなかったからだ。

「あんなに遠くまで、わざわざ魚を釣りに行ったのかね？」

その問いかけに京一はちょっとためらった。

「亀がいるって聞いたから、亀を捕まえたかったんだよ」

口ごもりながら答える。

ここまで聞くと釣り好きなら腑に落ちるものがある。

クルミ沢が大井川に注ぎ込む地点は、流れ出た土砂が扇形の丘になっており、中心に浅い水溜まりがある。水溜まりから蝦蟇《がま》の形の岩が突き出ていて名前の由来になっている。

水溜まりの端には使われなくなった日傭《ひよう》小屋が建っている。数年前までは島田の木材会社に雇われた川狩りの人夫が寝泊まりし、賑やかだった。その頃、人夫が気まぐれに放した亀が水溜まりに住みついて繁殖し、時折釣り人に目撃されていたのである。

「亀はいたか？」

「いなかった。そこいら中、ごね回って探したけど、ドジョウと蛙だけだった」

「そうかあ、そりゃ残念だったな」

隊の指揮をとった鐘雄さんが肩を叩いて慰めると、空腹と疲れと安心感が一遍に押し寄せて、

「皆さん、ご免なさい」

震え声でお詫びし、京一は泣き出した。

「皆様、一日のお仕事でお疲れのところをご協力いただきまして有り難うございました」

京一の両親が揃って頭を下げる。

「あそこに止《とど》まっていたのは偉かった。もしもあれ以上進んだり、戻ったりしていたら、こうはならなかったかも知れない」

二人の判断を鐘雄さんが褒めると、

「そうだ。まったくだ」

同調の声が広がり、小父さんの怒りも鎮まっていった。

無事の救出で捜索隊員の緊張も解け、和やかな雰囲気が漂った。隊は解散し、隊員は一人ひとりの村人に戻って家路についた。

あの時、行男と出会ったのがぼくだとしたら……やっぱり一緒に出掛けたに違いない。

大井川で釣れるのはヤマメ、ウグイ、ハヤ、たまにカジカと決まっている。いつも珍しい獲物を求めているぼくらにとって、亀を捕まえられるなんて夢のような話なのだ。

遠くに出掛ける時は、親の許しを得てからというのは分かっているけれど、そんな事をしたら止められるに決まっている。それが分かっているから、行男も京一も黙って行くしかなかったのだ。

夏休みの開放感が二人を「がま石」まで行く気にさせた。休みが終わってしまえば、もう行ってみようなんて気持ちは起こらないだろう。それどころかダムが完成すれば、「がま石」は湖の底に沈んでしまい、行く機会は永遠に失われてしまう。この夏休みは最後のチャンスだったのだ。大騒動を起こし、皆に迷惑をかけたことは謝らなければいけないけれど、夢の場所への冒険に挑戦した二人を、ぼくは羨まずにはいられなかった。

後日、ぼくは京一に「がま石」のことを尋ねた。京一はちょっと困った顔になったが、灼けた川原をえんえんと歩き、「がま石」を見つけられるかどうか不安だったこと、喉がカラカラになり飲んだ岩清水が旨かったこと、漸く探し当てたがま石が本当にがまの姿をしていたことなど話してくれた。

手拭いの両端を縛って網の代わりにし、勇んで水に入ったものの意外な落とし穴があった。粘土状の土が積もった水底はひどくぬかるんで、臑《すね》のあたりまで埋もれてしまうのだ。

それでも何とか底を浚いながら動き回ったが、行男のズック靴が脱げてしまい、水の濁りで脱げた場所すら分からなくなってしまった。靴なしでは灼けた川原を歩けないから、二人とも真っ青になって靴を探した。

帰りが遅くなった一番の原因は、ぬかるみに埋もれた行男の靴探しだった。

「このことは行男君との約束だから、誰にも喋っちゃいけないよ」

京一は苦笑いを浮かべ、人さし指を唇に当てた。

二学期が始まる。

隣合わせに座る友達の顔は見違えるくらい浅黒い。初めての出会いででもあるかのように、ぼくらはまじまじ見詰め合う。

「どうだい黒いだろう」

「いや、ぼくの方が黒いぞ」

腕と脚だけでは足りず、シャツを捲くって背中まで較べっこする。焦げ茶色に灼けた背中は所どころ皮がむけ、けば立っている。見せっこしている当人の隙をついて、けば立った皮膚をかすめ盗り、空中に吹き上げて遊ぶ者もいる。

「出席を取ります」

名前を呼ばれて「はい」と立ち上がる一人ひとりの瞳の中に、四十日間の休暇がもたらした潑剌とした輝きを、どん栗先生は見つける。

「全員揃いましたね。皆さんの元気な姿を見て安心しました。二学期を気持ちよくスタートさせるために、まず、清掃から始めましょう」

強い日差しに晒された教室には、日なたの匂いが漂っている。窓の桟には、干からびた虻や蝿の死骸が転がっている。桟にハタキをかける。床を雑巾掛けする。お仕舞いにきれいに濯いだ雑巾で机と椅子を拭く。教室中がピカピカになる。

「きれいになりました。掃除を終えて着席してください」

机の上には宿題の『夏休みの友』とそれぞれが自主的に取り組んだ、観察ノート、グラフ、工作、水彩画、昆虫採集、手芸など色々の作品が並んでいる。

「それじゃあ窓際の人から順に、課題の紹介とその成果を発表してもらいましょう。工夫したところ、気がついた点なども話してもらうといいですね」

一人ひとり作品を持って教壇に立つ。

ぼくは採集した昆虫の標本箱を持って立った。標本箱といっても、段ボールを組み立て、丈夫な紙を貼って作ったものだ。

早朝に八幡様の杜に行ったり、出作り小屋のあるやすんど山に出かけたりして採集した。かやの木平に行った時には、町の中学校から帰省していた健二さんと出会い、きれいな展翅の仕方、たも網以外での捕獲法などを教えてもらいとても励みになった、標本の下には宮下先生に教えてもらった通りに、科・名称・採集地・採集日を記したカードが貼ってある。

「皆色んな自主学習に精を出しましたね、懸命に取り組んでいる様子が目に浮かびました。クラス内の閲覧だけではもったいない気がします。大勢の人に見てもらえるように廊下に展示しましょう」

努力が報われ、皆誇らしい気持ちになる。

次は先生の番だ。

「この夏休みの心に残る思い出は、赤石岳に登ったことです。去年、井川山岳会の人たちと一緒に登った宮下先生が『素晴らしいから行きませんか』と誘ってくれたのです。

出発前日は宮下先生の下宿に泊まりました。明くる日早朝、元気よく下宿を出発です。大井川沿いに奥へおくへと遡る山旅の始まりです。午後遅くなって椹島《さわらじま》という所に着きました。島といっても川岸の開けた所です。山神社や日傭小屋があり、山仕事、釣り、猟をする人たちの基地になっています。

流れから離れた小高い砂地にテントを張りました。

一日目は曇りで、天気予報は午後から雨でした。赤石に登るのは明日にし、近くの倉沢に釣りに行きました。二人でヤマメを五匹釣りました。予報通り午後になると雨が降ってきました。テントに戻り、木陰の下で焚き火をし、釣って来たヤマメを焙りました。

二日目は四時半に起きました。登山は日帰りの予定ですからのんびりしてはいられません。飯盒でご飯を炊き、お昼のおにぎりを作ってから手早く朝食です。食料、お茶、地図、カメラと必要なものだけをリュックに詰めます。

五時半にテントを出ました。すぐ登り坂です。大倉尾根といいます。大正時代に大倉男爵という人が駕籠でここを登ったのだそうです。それでこの名前がついたのです。この人は東海パルプという会社を興した人です。皆さんのお父さんの中にもこの会社で働いている人がいると思います。

あたりはツガやトウヒという針葉樹の森です。その樹間を延々五時間も登らなければなりません。体は汗びっしょり、だんだん足も上がらなくなります。休みを入れ、ひと足ずつ高度をかせぎます。

そのうち赤石小屋が見えてきました。小屋からは赤石岳の全容が見渡せます。険しい登りが続くことが分かり、身が引き締まる思いです。

樹林帯が終わり、馬の背中のような所に出ます。富士見平といい、とても眺めが良い所です。ここで早目の昼食をとることにしました。梅干しのおにぎり、茹で卵、ソーセージ、食後には梨を剝いて元気をつけました。

ハイマツの点在する斜面を進んで行くと、傍らに静岡大学の学生の慰霊碑があります。この学生は真冬に一人でここに登り、雪と寒さで身動きができなくなり、亡くなったのでした。その死を悼んだお母さんの歌が碑に刻まれています。

『赤石の雪と消えにし愛し子の御霊《みたま》安かれと永遠《とわ》に祈らん』

（雪の赤石岳で亡くなった愛する子のたましいよ、どうかいつまでも安らかでありますように）という意味です。お母さんの深い愛情が感じられ心に残りました。

斜面がゆるやかになると、清楚な花々の群落が広がります。お花畑です。チングルマという白い花とシナノキンバイという黄色い花の名を宮下先生に教えてもらいました。厳しい環境の中で生命をつないでゆく花には潔い美しさがあります。

稜線を登りつめると頂上です。風化した大小の岩石が散乱する中に、こんもりとした石積みがあり、赤石岳山頂の標識が立っています。風雪に晒された標識を撫で、山頂に立っていることを実感しました。もう三百六十度視界を遮るものはありません。山並みの向こう、雲の上にうっすらと富士山が浮かんでいます。稜線を境に西は長野県、東は静岡県。地図でしか見ることがない県境を、この目でしっかり見届けました。

写真を撮ったり、眺めを楽しんで寛いだ後、下山にかかりました。

大倉尾根は歩きでがあり、膝が笑いました。足元が見えなくなるほど暗くなって、やっと椹島のテントに帰ることができました。

最後の日の朝はゆっくり起きて朝食をとり、テントを畳みました。

大自然の中にいると、時間が止まっているような気がするものです。大井川の流れに沿って帰り道を歩いていると、止まっていた時間がゆっくり動き出します。村が見えてくる頃にはいつもの時間が戻ってきます。

帰ってからしばらくは日常の生活がとても新鮮に目に映り、現実を見つめ直すきっかけになりました」

先生の話が終わる。

山の奥にあるぼくらの知らない世界、先生の話に魅了されたぼくらの心は翼をつけ、山の彼方にはばたいて行く。

皆で世話をした南瓜を見に、教室を出る。

蔓はずるずると伸び、葉は地面を覆いつくさんばかりだ。その葉をまくると、厚みを増した固い皮に白い条《すじ》を浮かべ、南瓜は赤ん坊の頭くらいの大きさに育っている。

物置に回って長机を取り出す。

廊下に並べて、部門ごとに作品を展示する。

帰りがけ、ぼくは明が作った「ゴム動力で回る水車」を見ていた。動力を水車の軸にどう伝えるか？　いろいろ工夫したあとが感じられ興味があった。

「兎小屋ができたの」

　それまで長机の端の方で手芸の作品を見ていたかおるが、近づいてきて遠慮がちに言う。

「できたの。じゃあ次の日曜日の午前中に持って行くよ」

　そう答えて、ぼくは了解のしるしに、親しい男子の間で交わす挙手をした。

「お願いします」

　笑いながら、かおるも挙手を返す。

　ぼくが飼っている兎だったから、ぼくの判断で誰にあげようと問題はなかったのだが、母に話すと「向こうの人たちの迷惑にならなければいいけど」と心配する。

「大丈夫。ちゃんと兎小屋を作ってくれたくらいだもの。お父さんも叔母さんもきっとかおるさんの考えに賛成してくれているよ。皆で可愛がってくれるよ」

そう言ってぼくは母を安心させる。

目を付けていた、すばしっこくて餌をよく食べる子兎は、もらわれるなんて露知らず、いつものように他の子兎と共に小屋の中を動き回っている。ぼくは背後からそっと摑まえて段ボール箱に移す。

（おや、何か変だぞ）

急な環境の変化に子兎は身を縮こまらせる。

母は段ボール箱を縄でしっかりと縛ってくれた。

（心配ないよ。かおるさんの所に行くんだ）

かおるが用意した巣箱は縁側に置いてある。手先の器用な石浜さんに拵えてもらったもので、床板を簀子にしてフンを取り出しやすくするという、ぼくの助言が生かされていた。

段ボールを開けると暗闇から解放され、子兎はきょとんとしている。巣箱に移すと、すぐさま隅の方に身を寄せ、あたりの点検を始める。

静かに見守っていると、こちらに向き直り、かおるが差し出したキャベツに近づいて来る。ひと囀りしては様子をうかがい、また囀り出す。新しい住み処を受け容れたようである。

「どうもありがとう。大事に世話をするわ」

「巣箱が気に入ったみたいだね」

そこに紺のランニングシャツに半ズボンのがっちりした人が、馴れなれしく近づいて来る。

「かおる。ちゃんと世話をするんだぞ」

優し気な目と太い声。それはかおるが転入した日、一緒に教室に現れ、「かおると仲良くしてやってください」と律気に挨拶した人だった。

「きちんとやるわよ」

兎に目をやったまま、かおるは応じる。

ぼくは無言のまま二人の心を推し量る。

「君が亘太君かね。話には聞いているよ。かおるのためにわざわざ持って来てくれたんだね、ご苦労を掛けたね」

相好を崩してねぎらってくれた。

「このくらい平気です」

そう答えながら、ぼくはお父さんとかおるの心の結びつきを嗅ぎ取る。

「あら、可愛いお友達」

部屋の奥から近叔母さんがやって来ると、また一人の味方を得たようで、ぼくは大いに安堵した。「向こうの人たちの迷惑にならなければいいけど」と心配した母に大いばりで報告できる。

これからはかおるの世話の仕方になじんでゆき、ぼくのことは忘れられてゆくだろう。そう考えるとちょっと寂しい気がする。

「大きくなったら見に来るよ」

「ええ、きっと見に来て。ちゃんと育てるから」

かおるは自信あり気に答えた。


ぼくらを担当して三年目になるとどん栗先生は、ぼくらにもっと学習の習慣を身につけさせようと、あれこれ思案していた。その結果考え出されたのが共同学習だった。

帰宅後、集落ごとに誰かの家に集まってその日の復習を行う。誰の家のどの部屋で行うかは、あらかじめ各人が両親と相談して決めておき、順番に回っていくようにする。

「勉強は誰かから指図されてやるものではありません。『やりなさい』などときつく言われれば、却ってやる気を無くしてしまうものです。ですから自主的に行うのです。家の手伝いや村の行事がある時は、その都度皆で話し合って決めてください。無理して行う事はありません。

仲間で集まって、教科書を開き、その日学習したことを思い出してみる。忘れていた人には覚えていた人が教えてやる。これは忘れていた人を助けるためばかりではありません。教える側のためにもなります。知っていると思うことでも、それを言葉にして誰かに説明することで、より理解が深まるからです。皆で考えてみても解らないことがあったら、次の日教室で質問してください」

放課後ともなれば勉強のことは忘れて、自由気ままに遊びたい。面倒なことなんてしたくない。皆そう思っている。でも先生から「無理して行うことはありません。何か予定のある時は皆で話し合って決めましょう」そう説明されると、気が楽になってぐずぐずするよりも、できることから始めてみようという「やる気」が湧いてくる。

ぼくらの集落では北側の光男の家から、順に南に進むことに決める。

光男の小父さんは駿河木材に勤めていて、近隣の材木の伐り出しや搬送の仕事をしている。小父さんは釣りが好きで、釣った魚を放すひょうたん形の池を、庭の隅に拵えてある。岩を配して魚の隠れ処を作ってあり、池を覗き込んでヤマメやウグイの姿を探すのが、ぼくらの楽しみのひとつだ。

客間に座卓を出してもらい、ぼくらは初めての共同学習にとりかかる。どう進めれば良いのか要領がつかめずまごまごする。教科書を広げ、その日習ったことを思い浮かべてみる。予定していた時間は、あっという間に過ぎてしまった。

二回目は京一の家でやる。京一の前の家は水没区域にあり、ぼくの家の東隣に引っ越して来たばかりだ。小父さんは猟師で居間の鴨居には鉄砲が掛けてある。囲炉裏の自在鉤には熊の肝がぶら下がっていることもある。煙で燻し乾燥させると高く売れるのだそうだ。

猟期になると、小父さんは山小屋に泊まり込み、たまにしか村に帰って来ない。

京一は算数が得意だから、算数の宿題が出てもぼくらは安心していられる。暗算で答えを出し、ぼくらの筆算が終わるのを待っている。ある時、平均値の求め方で京一のやり方とぼくらのやり方が違い、どっちが正しいか、もめたことがあった。翌日先生に聞いてみると、どちらも正しいことが分かった。

次はぼくの家の番だ。同級生三人の家はダム建設を機に新しく建て直された。杉皮葺きの屋根からトタン屋根に、土間はコンクリートに、障子はガラス障子や襖に、莫蓙は畳に、照明は電球から蛍光灯にと、きれいさっぱり取り替えられた。でもぼくの家にはほとんど変化がなく、黒く煤けた昔のままだ。家の持ち分ではほとんど水没する所がなく補償がなかったからだ。

父は集落では珍しく自動車運転免許を取得していたので、ダム建設を請け負う間組の輸送部の現地作業員として働いている。

座卓を囲んで座り、ぼくらは漢字の書き取りを始める。教科書から漢字を拾い出し、一ページ百枡の書き取り帳を埋めてゆく。一点一画きちんと書いてゆくと指先が痛くなる。

翌日、先生に提出すると、桜の花びら形の〈大変良くできました〉〈よくできました〉〈きれいにお書きなさい〉のいずれかの判が押されて返ってくる。先生は一人ひとりの文字の癖を知っているから、丁寧に書いたかどうかすぐ分かってしまう。それにぼくらは〈大変良くできました〉が幾つもらえるか競い合っている。だから指先が痛くなっても、ひと休みして指先をさするくらいで、またすぐに取り掛かる。

お終いは三治郎の家。光男、京一、ぼくの家は隣り合っているけれど、三治郎の家だけが二百メートルばかり離れている。小父さんは営林署の山の小屋に泊まり込みで、あちこちの林の生育状況を見回っているが、土曜日の夕方になると家に帰って来る。

昨年、山から下りて来る時、小父さんは生け捕りにしたバンドリ（ムササビ）を籠に入れて提げて来た。その名を初めて耳にする珍しい生き物を、ぼくらは見せてもらいに行った。古い鶏小屋に放されたバンドリは、日のあるうちは小父さんが作った木の皮の巣にこもっていて出て来ることはなかった。それでぼくらは三治郎の話をたよりに、木の皮の薄暗がりの中に、鳥のような獣のような生き物を思い描いた。

しばらくしてから三治郎にバンドリのことを聞いてみると、懐かないからといって、小父さんが山へ提げて行き、元いたあたりに放してやったとのことだった。

お兄さんは本村の小学校の先生をやっている。それでぼくらは三治郎を通して本村の小学校の様子を聞くことができる。お兄さんは写真機や双眼鏡を持っている。ぼくらは勉強に飽きると、双眼鏡を借りて庭に出る。落とさないように必ずベルトを首に掛け、あたりの山や対岸の家並みを眺める。たまに大形の鳥が近くの枝に飛来するのを見つけたりすると、息を殺して交代で覗いたりした。

どこの家の小母さんも、家事の他に、茶畑の手入れや野菜作りがあり、近くの畑で働いている。勉強しているぼくらを見かけると、さつま芋を蒸かしてくれたり、べったら（小麦粉だけのホットケーキ）を焼いてくれたりする。

こうして四軒の家を順番に巡り、ぼくらは共同学習を続けた。それぞれの家にある匂いや独得のしきたりにちょっと戸惑ったり、納得させられたりしながら。

澄み渡った空の高みに、うろこ雲が淡く連なる。

皆で力を合わせて育ててきた南瓜を食べる日がやってくる。

ぼくらが一年生の時の担任だった民代先生の指導で、ぼくらは大鍋を洗い、南瓜を切り、調味料をカップで量り、かまどに火をつけた。

砂糖と醤油の混じり合った煮物の良い香りが、あたりに漂う。

正午近く、大鍋二つが当番によって教室に運ばれて来る。机の右上に出された弁当箱の蓋に、手際良く当番が盛りつける。煮物から立ち昇る甘じょっぱい香りは、腹ぺこのぼくらの食欲をいっそうかき立てる。南瓜が全員に行き渡る。

皆の腹具合を察し、間を置かず、どん栗先生が言う。

「それでは頂きましょう」

「頂きまーす」

皆一斉に大声を張り上げ、箸をとる。お喋りがおさまり、和やかなひと時が訪れる。

南瓜を調理台に乗せて包丁をあてがった時、女子の間から思わず「かわいそう」という声がもれた。それを聞くとぼくらも一瞬しんみりしてしまった。それは、水を遣ったり、観察ノートをつけたりしながら、心の中で「早く大きくなあれ」と声を掛け、まるで友達にでもなったつもりでいたからかも知れない。

「今回の南瓜作りを通じて、作物を育てるお母さんやお父さんの苦労を、少しでも知ってもらえればと思います。種子をまき収穫するまでには、労力と長い時間を要します。また、こうして食べられるようにするまでには、多くの人の手を経なければなりません。毎日、当たり前のように食べている食事も、同じように多くの人の手を経ています。時にはその人たちのことを頭に浮かべ、感謝の気持ちを忘れないようにしましょう」

先生の話に耳を傾けながら、ぼくらはせわしく口を動かす。ほど良く煮付けられた南瓜は、ぼくらの口の中で崩れ、甘くしっとりした味わいを残し、喉元を過ぎてゆく。

新しい校舎は幹線道路を隔てたわらび平に建設中である。山の斜面につけられた道を資材や作業者を乗せたトラックがひんぱんに登って行った。

ある日の図工の時間、ぼくらは新しい校舎を写生に出掛けた。

校門を出てからは明の案内で雑草に蔽われた近道を行く。喘ぎながら急な斜面を登り切ると、カヤ原を切り開いた広い平地に出る。南アルプスを背に、足場を巡らせた白い鉄筋コンクリートの建物が、場違いのように姿を現す。

時々、猫車を押す作業者が足場の上を行き来する。

ぼくらは草原に座ってスケッチに取りかかる。

「来年の春にはこの新しい校舎で勉強します。皆の教室は二階の西側になるでしょう。プールも作ってもらえるし、給食も始まります。山奥の学校とは思えない充実ぶりです」

先生の話にぼくらの胸は明るく弾む。

「こんな良い環境で勉強したら、皆秀才になっちゃうんじゃない」

そう敏郎がまぜ返したのに、

「わたしもそう思います」
澄まして先生が応じたので、皆大笑いした。

学校から帰ると、珍しく清十おじいが家に来ている。母方の祖父だ。母の実家は中山の集落から南へ三百メートルほど下った川沿いの一軒家で草窪と呼ばれていた。屋敷、耕作地ともに水没区域で、この春一家をあげて清水の有度という所へ引っ越して行った。

お墓も一緒に移すつもりだったが、引っ越し先のお寺との話がまとまらず、延びのびになっていた。それが急に進展したので、お墓を移すためやって来たのだ。墓掘りは力仕事になり男手が要るが、忠一さんは戦争で亡くなっているので、父が勤めを休んで手伝うことになっていた。

朝一番にやって来た和尚さんに懇ろに弔ってもらい、清十おじいと父はご先祖の墓を掘り返しにかかった。

午後三時過ぎ、

「墓所にお茶を持って行って」

ぼくは母から、やかんと風呂敷包みを託される。もみ林の間の道を抜けると、共同墓地に出る。

「お茶を持って来たよ」

二人の姿を見つけ、ぼくは大声で呼ぶ。

お骨《こつ》の掘り出しは済んだらしく、掘り返した穴から薄い紫の煙が上がっている。

「あそこに見えるのが骨だ」

清十おじいは火搔棒で熾《おき》をかき分け、白い枯れ枝のようなものを見せてくれた。

「一服しよう」

湯呑みにお茶を注ぎ、父が清十おじいを呼ぶ。

「親父が死んで二十年になるが。こうして骨は残っている。忠一は死んで十年だが、石ころひとつだ」

「まったく、大変な時代だったなあ……」

二人は草むらに座り、お茶をすすり、旨そうに莨《たばこ》をふかす。

小学校に上がったばかりの頃、一人でふらりと草窪に行ったことがある。

「こんなに遠くまで、よく一人で歩いて来た」

そう言って伯母さんが頭を撫でてくれた。

草窪には木苺、ぼたん杏、無花果、甘柿、栗など、果実の生る木が沢山あった。いつ行っても何かが熟れて色づいていた。ぼくの好きな所だった。

お骨を入れた瓶《かめ》は、割れないように幾重にも新聞紙に包まれ、木箱に納められる。

次の日、木箱をリュックに入れ、宝のつづらでも背負うように、晴ればれとした顔で清十おじいは有度へ帰って行った。

野づらを渡る風が開け放った窓から吹き込んで来る。うなじが冷んやりする。

長雨の去った土曜日の放課後、集落の仲間四人で水泳場を見に行く。

砂山に立ち、皆で拵えた水泳場の方を見やる。二学期が始まってからも、残暑の厳しい日を選び、ぼくらは何度か泳ぎに来た。

その後、台風が来たり、雨が続いたりして増水した川は灰褐色に色を変え、幾すじにも枝分かれし、わがもの顔に川原を奔っている。

堤は大水に押され、何個所も突き破られている。盛り上げた砂利や石は押し崩され、詰め込んだ柴類が流れにたわんでいる。ズボンの裾をまくり上げ、流れに足を浸すと、冷たさが皮膚を刺すようである。賑やかだった人声も笑い声も遠くへ流されてしまった。

　十一月も下旬、すぐに嬉しい祝日がくる。勤労感謝の日だ。山へ行くか川に行くか、遊び心に浮き立つぼくらに、どん栗先生は厄介な宿題を出す。

「日頃お世話になっているお父さんやお母さん、感謝の気持ちを持っていても中々口に出しては言えないものです。そこで、その気持ちを作文に綴ってもらいます。お父さん、お母さんに読んで頂けるようガリ版刷りの文集にします」

　ぼくらは、働く両親の姿をまぶたに描き、使ったこともない「尊敬します」などという言葉まで持ち出して、何とか一文にまとめる。

　文集が配布された時、かおるの作文が皆の注目を集めた。父親への感謝を表す模範的な作文だったからというわけではない。ぼくらの日常からは思いもつかない、大人の社会の問題にふれていたからだ。

## 私のお父さん

五年　森本　薫

私の父は大島沢に鉄橋をかける仕事をしています。青空の下で体を動かす仕事なので、日やけで顔がまっ黒です。背が高くがっちりした体格なので、はたからはこわそうに見えますが、実際は優しいお父さんです。

現場から帰るとお風呂に入り、大声で歌をうたいます。ご飯の時にたいていお酒を飲みます。そして「今日はどうだった？」と学校のようすをたずねます。私がクラスであったことや友達のことを話すと、うれしそうに聞いてくれます。みんなと仲良くやっているかどうか、心配してくれているのだと思います。ご飯が終わるとラジオをつけ、野球の放送をききます。

月に一度は静岡の町に出張します。工事の進行状況を報告するためです。出かける朝には「おみやげは何がいい？」とききます。頼んだものは忘れず買ってきてくれるので、私は父の出張を楽しみにしています。

今はお母さんはいません。父と母は私が二年生の時に離婚したからです。私は母が大好きでしたが、私が学校に行っている間に、母は家を出て行ってしまいました。

父と一緒に仕事をしている、いとこの石浜叔父さんのお嫁さんの近叔母さんが、ご飯の支度や洗濯をしてくれます。かみを三ツ編みにしてくれたり、洋服を選んでくれたり、母親代わりになってくれる近叔母さんが私は大好きです。

この前の夜、父と石浜叔父さん、近叔母さんの三人が母のことを話すのを、私は寝たふりをして聞いていました。母は今は東京で一人で暮らしているようです。叔父さんと叔母さんは、父に母を呼び戻して一緒に暮らすことをすすめているようでした。それは私が一番のぞんでいるところです。かなえられたらこんな嬉しいことはありません。でも、それに対する父の答えは聞こえませんでした。もう少し大きくなったら、母のことを話し合える時がくると思います。

鉄橋建設の責任者として、毎日現場をとび回っているお父さん。そんなお父さんを私は誇りに思っています。

終わり

大島の集落に入ってしばらく行くと、幹線道路が二股に分かれる所がある。その分かれ目に建っているのが角屋さんだ。食料品、日用品、何でも手広く扱っている、よろず屋さんだ。ぼくらが学用品や駄菓子を買うのもここだ。

架橋工事が決まり、森本組の飯場が建ち始めると、角屋さんは工夫たちによる需要を見込んで裏口を改装し、周りを板塀で囲んで居酒屋もやるようになった。

一日の労働を終えた工夫たちの楽しみといえば、お酒を飲み、談笑し、疲れをいやすことだろう。店は繁盛し、時には賑やかな人声が塀の外にも聞こえてきた。

「親方の奥さんは他の男といい仲になって、家出した。今は東京にいるらしい」

誰かの口から漏らされた個人の秘密が、村中に広まり、隣の村に飛び火するのに時間はかからない。周りを山に囲まれ、世間一般の情報が入りにくいその分、村内の情報は迅速になる。

その噂はいつしかぼくらの耳にも入ってきた。大人の話に子供が首を突っ込むのは良くないことくらい分かっているが、どこからか聞こえてしまう。かおるの作文に出てきた離婚は、大人の人たちが観たり聞いたりする映画やラジオの中の作り話なんかじゃなかったのだ。

両親が揃っているなんて当たり前だから、改めてそれを幸せだなんて思ったりしない。そんな幸せより、ハーモニカ、二十色揃いの絵の具、児童文学全集……欲しいものは何でも買ってもらえる、かおるの方が余程幸せに思える。でも、別れて行ったお母さんを思い続ける、ぼくらにはちょっと想像がつかない寂しさをかおるは抱えていたのだ。

寒さが身に沁みるようになると、ぼくらは長馬跳びで遊ぶ、ジャンケンで勝ち組と負け組に分かれる。負け組は代表を決め、壁を背にして立たせ、その股倉に順に首を突っ込んで長い馬を作る。勝ち組は助走をつけてその馬に飛び乗るのだが、勢いが良すぎると馬から滑り落ちてしまう。一人でも落ちれば負けだ。首尾良く全員が乗ったところで、先頭が代表とジャンケンをする。勝てば続けて乗り手に、負ければ馬になる。

教室に入ると勢い良くダルマストーブが燃えている。蓋の上に乗せたバケツから微かに湯気が上がっている。お湯は帰りの清掃に使われる。

どん栗先生は黒板に向かってアジア大陸と日本の略図を描き、日本のまわりに赤と青のチョークで太い帯を書き加える。

「海にも大きな流れがあります。海流といいます。日本のまわりには四つの海流があります。赤い帯が暖流、青い帯が寒流。暖流と寒流がぶつかり合う所は良い漁場になっています……」

ストーブの囲いに吊り下げた皆の弁当の袋から、微かに煮物の匂いが漂って来る。説明に耳を傾けつつ、皆懸命に黒板の図をノートに写し取る。

晩秋ともなると日は短い。教室の清掃を終えると、皆帰宅を急ぐようになる。放課後の校庭は人影もなくがらんとしている。

南アルプスの峰を覆う濃い霧がゆっくり里に近づいて来る。あたりの山々がしだいに乳白色に染まってゆく。空を仰ぐと鈍色の天井から、とめどもなく風花が舞い下りて来る。

二月も終わり近かった。

その頃ぼくの家は南側の空き部屋と二階を山仕事の人たちに間貸しし、北側の部屋と裏二階で生活していた。かつて養蚕に使っていた天井の低い裏二階が寝床になっていた。

未明、裏木戸で父の名を呼ぶ声がする。

気づいた母が慌てて父を揺り起こす。

「お父さん、誰かが呼んでるよ」

その声で姉もぼくも目を覚ます。

「おーい。兄《あに》い。火事だ」

起き上がった父は電灯を点け、雨戸を開ける。

「火事か。どこだ？」

闇に向かって問いかける。

「大島だ。森本組の飯場だ」

背戸に住む父の弟の六《ろく》叔父さんの声である。

「分かった。すぐ行く」

応援を要請に来た伝令は、真っ先に大工仲間で気心の知れている六輔叔父宅の戸を叩いたのだろう。

父の行動は素早かった。中山の村人で組織している消防団の団長である。鴨居に掛けてある消防団の作業服を身に着け、急いで階段を下りて行く。この騒ぎですっかり目を覚ました姉とぼくは、はんてんを羽織って母と共に階下に下りる。

「行って来るぞ」

開けた木戸から冷気がなだれ込む。

「気をつけてね」

三人で父の背中を見送る。

集落の中央にあるポンプ小屋をめざして父は走って行く。間を置かず半鐘が打ち鳴らされる。静寂の中を伝わって来る乾いた音は不安をかき立て、不吉な予感を抱かせる。

ポンプの付いた大八車式の消防車が、慌ただしい人声とともに幹線道路を走り去る。

眠りを破られた村人が一人、二人と道路に現れ、ぼそぼそ話しながら松山段に向かって歩いてゆく。昼間なら大島の集落が一望のもとに見渡せる所である。ぼくらもその人波に加わる。松山段にはすでに数人の人たちが集まっていた。

闇の中に蛇の舌のように、赤くチロチロとゆらめく炎が見える。

頭の中に大島の集落を描く。北側の奥まった所、炎と森本組の飯場が重なる。

それでもまだ幻燈でも見ているようで、ぼくには現実感がない。覚めてはいるのだが頭の中は混乱状態で、判断力を失っている。

「かわいそうにねえ。森本組には五年生の女の子があるんだってね」

背後から聞こえて来る村人の囁きに、はっと我に返る。

今のいままでぼんやりと脳裏にあった不安が、ふいに膨らみ牙をむく。かおるの家が燃えている。全身に冷水を浴びせられる。

いつか上がらせてもらった部屋の様子が目に浮かぶ。机、電気スタンド、地球儀、本棚、ずらりと並んだ児童文学全集……炎はぼうぼうと音を立て、何もかも焼き尽くそうと暴れ回る。

懸命に消火活動に当たっている父たちの姿を頭に描く、何の手助けもできず、見ているだけの身が歯がゆくなる。

風に煽られ、炎は勢いづいてゆく。

払いのけても払いのけても嫌な予感が脳裏につきまとう。心臓がどくどくと脈打ち、体ががくがくと震える。

「先に帰る」

母に小声で伝え、ぼくは人垣を抜ける。

家に帰り、裏二階に駆け上がると、布団を被り目をつむる。

ほどなくして母と姉が帰って来る。

「まだ燃えている？　皆逃げられたかなあ？」

「火は小さくなったようだったよ。風さえ収まってくれればねえ。飯場には威勢の良い男衆が大勢いるから……」

ぼくの心中を察しているみたいに、母のもの言いは優しい。

「一度人の手を離れてしまうと、火ほど恐ろしいものはない。火の始末はいくら用心してもし過ぎることはないっていうからねえ」

たびたび聞かされている火の取り扱いの心構えを聞いているうちに、眠りにおちる。

朝の食卓に父の姿はない。

ランドセルを背負い、集合場所になっている火の見櫓の下に集まる。開けっ放しになっているポンプ小屋の扉はいまだ非常事態が続いていることを知らせている。集まっている仲間の中には、昨夜松山段に足を運んだ者もあり、その様子を得意気に話している。

原因は煙草の火の不始末らしい。大事な物を取りに戻った人が炎にまかれたらしい。など消火に立ち会った人でなければ知り得ないことまで知っている。

かおるは無事だったろうか。今はどうしているのだろう。学校には出て来られるだろうか。色んな思いがぼくの胸をよぎる。

ぼくらはいつもより早めに村を発ち、早足で大島をめざす。大島に入ると通学道路を逸《そ》れ、角屋の脇道から集落の高台へ向かう。少し登ると火事の現場が見渡せる場所に出る。

水をかぶった燃え残りの木材や家具や畳が発する、蒸れた枯れ草のような臭いが漂って来る。焼け残った黒い柱がまばらに突っ立ち、その下に放水で吹き飛ばされた燃えかすが寄り集まっている。むき出しになったコンクリートの床は勝手場やお風呂場だろうか。

昨夜、震えながら布団を被って以来、心の中では火事を夢の中の出来事だと思い続けていた。周囲の話に頷きながらも、心の底では火事を否定し続けていた。

黒々と広がる焼け跡を目の当りにし、その思いはもろく崩れゆく。思いは打ち砕かれる。

教室も火事のニュースでもちっきりである。

昨夜が宿直だったどん栗先生の許にも、いち早く火事の一報がもたらされた。すぐに駆けつけた先生は、身の回り品を運び出す人たちにまじって煙の中に入り、机の上に置かれていたランドセルを運び出した。悲しい出来事の中で、この話だけがぼくらの心を温かくする。

始業の鐘が鳴る。

どん栗先生が火事の概要を話してくれる。

「昨夜、森本組の飯場で火災がありました。かおるさんの住んでいる所です。連絡を受け、私もお手伝いしようと現場に駆けつけました。風が強く水の便が悪かったため、思うように消火活動が進まず、建物が三棟とも焼失してしまいました。村始まって以来の大火だそうです。原因は警察で調べているところです。一度避難してから、大切にしていた物を取りに戻ったかおるさんの叔母さんが、炎に巻かれて大火傷を負い、診療所で手当を受けていましたが、明け方に亡くなられたそうです。かおるさんは腕に軽いやけどを負っただけです。この時季、雨は少なく空気は乾燥しています。皆さんも火の取り扱いには充分気をつけてください。小学生だけでの焚き火などは絶対にやってはいけません」

かおるの無事を知ってほっとしたものの、亡くなったのが近叔母さんだと分かり、ぼくは胸が痛かった。

ぼくらがほんの気まぐれに偵察に行ったとき、水遣りの帰りに立ち寄らせてもらったとき、一人前の訪問客としてもてなしてくれた優しい人だった。

かおるは今頃は本村の診療所で火傷の手当てをしてもらっているのだろうか。ランドセル一つを残し、あの部屋にあったものはみな燃えてしまったのだ。一夜にして、住む家と母親代わりの大好きな人を失ってしまった、かおるの心はどんなだろう。

授業が始まる。

皆熱心に先生の話に耳を傾ける。教室はいつもの空気を取り戻し、いつもの時間が流れる。ストーブの横にぽつんと一つ空席がある。そこだけ時間が止まっている。

二日後、右腕に包帯を巻いてかおるは教室へやって来た。沈んだかおるの姿に目をやった瞬間、ぼくは何か冷んやりしたものを感じた。

当然のことだけど、ぼくらはかおるに火事の様子を尋ねたりはしなかった。いたわりのつもりで言葉をかけたにしても、かけがえのない人まで失ってしまったかおるには、思い出したくないことを思い出させる、つらいものにしかならないだろうと考えたからだ。

当面、遠くから静かに見守ることしか、ぼくらにできることはない。

火事の直後から架橋工事に携わる人員は半分になった。半数は予定を早めて次の現場に回った。

残った工夫たちは付近の民家や神社の社務所に仮住まいし、かおるは松吉さんの離れに住むようになった。

すでに自動車がすれ違える幅の橋桁が両岸に渡されており、弓形をなす鋼材を接合するリベットを打つ金属音があたりに響いている。鉄橋は日ごとに橋の体裁を整えてゆく。

松山段の坂道の梅がほころび、うそ寒い風に首をすくめながら通学するぼくらに、春の訪れを告げる。

ある放課後、ぼくは図書室でかおるに会った。

少年雑誌でピラミッドを図解してある記事を読み、大いに興味を抱いたぼくは、もっとピラミッドのことを知りたくなり、役立ちそうな本を探していた。

かおるはぼくがいるの知っていたかのように入って来た。ぼくの二、三歩手前で歩みを止め、うつむいたまま、ぽそりと言葉をもらした。

「亘太君、兎死んじゃった」

いつか、かおるの口から兎のことを聞かされる日がくるだろうとは思っていたが、死んだとまでは考えていなかった。

「火事だったんだから仕方ないよ」

「ごめんね。もっと早く話したかったんだけど……」

「ううん、いいさそんなこと」

「誰かが逃がしてくれたらしく、巣箱から抜け出して、茶の木の下にうずくまっていたの」

「ふうん」

かおるの目を見ると、涙がにじんでいる。

「今年もきっと生まれるから、一番いいのをあげる」

かおるは返事をためらった。

瞬きすると涙が目尻をたれる。

「ねえ、兎のお墓に行かない」

「お墓作ったの？」

「ええ」

「行く」

即座に応じる。

ぼくらは校門を出た。

松吉さんの離れまで来ると「ちょっと待ってて」と言ってかおるは小屋に駆け込んで行った。

兎のお墓は焼け跡裏の雑木林の中だった。

踏み分け道を進んで行くと、灌木を半円に刈り払った所があり、新しい土が盛り上げてある。土まんじゅうの頂きに「みみのお墓」とマジックで書いた板切れが立ててある。かおるは取りに行って来た紙袋からリンゴを出し、屈んでお墓に供える。

(ここに埋めてもらったんだね)

そう自分に言い聞かせてから、ぼくはさっきの言葉をくり返した。

「今年もきっと生まれるから、そしたら、一番いいのをあげるよ」

かおるは困ったように頷くだけだった。

谷側の枯れた雑木の梢を透して工事中の鉄橋が見える。谷間からの眺めと違って、ここからの眺めは立体的だ。広々としたコンクリートの路面、弓形のアーチ、アーチを支えるＮ字の鋼材が一体となって目に迫ってくる。

「わあ、もうこんなに出来ているんだ」

驚きをもらすぼくに、

「もっと近くに行こう」

「だめだよ。叱られる」

「大丈夫」

一点の迷いもなさそうにかおるが言う。

たびたび先生や両親から工事現場に近づかないよう注意されていた。でもかおると一緒なら、特別な許可を得ているような気にもなる。どうしようか迷うところだが、行ってはいけないといわれている場所に、そっと行ってみることには、大きな誘惑がある。

新道に下り、工事現場の方に進んで行くと、三角に組んだ木柵が行く手を阻む。木柵には「この先工事関係者以外立入禁止、森本組」の看板が取り付けられている。

かおるはもの慣れたふうに木柵の脇をすり抜ける。どきどきしながら、ぼくはその後に続く。作業時刻を過ぎていたのか工夫の姿はなかったが、ぼくらの気配を察したのか資材小屋の戸がパタンと開き、ヘルメットを被ったあご髭の男がぬっと顔を出す。

誰もいないだろうと高を括っていたぼくは冷やりとする。

「こら、入っちゃいかん」

鋭い叱声が飛んで来る。

だめは百も承知の上、やっぱりとぼくは観念する。

かおるは慌てるふうもなく、資材小屋の方に目をやり、

「石《いし》叔父さん、私よ」

と落ち着き払っている。

「なんだ、かおるちゃんかい。親方ならさっき上がったぞ」

「今日はお父さんに用事じゃないの。中を見たいの。いいでしょ」

「ああ、気をつけるんだよ」

刺のないやり取りにぼくは胸をなで下ろす。

「ありがとう。気をつけるから」

「渡り板の上を歩いてな」

石浜さんの注意通りにぼくらは渡り板の上を進む。足元から生乾きのセメントの臭いがす

る。

橋の中ほどまで進む。

谷を覗き込もうとしたかおるがバランスを崩し、渡り板を踏み外す。あっという間のできごとだった。すぐに足を引き上げたが、排水口のわきに薄っすらと波形の靴跡がつく。肩をすくめて笑ったかおるは何かを思いついたように、足跡の隣を指さしてぼくを見る。いたずら心を駆り立てられ、ぼくは身を屈めてかおるの足跡の隣を軽く踏みつける。立ち上がって目をやると、波形の靴跡と亀甲形の靴跡が一対になっている。

「私、もうじき転校するの」

欄干につかまり、身を乗り出すようにしながら、人ごとみたいにかおるは打ち明ける。

「えー。本当。でも鉄橋が完成してからでしょ」

「ううん。もうすぐ」

「どうして？」

「お父さんの仕事の都合……」

「どこへ？」

「東京」

「また鉄橋をつくるの」

「ううん。地下鉄の工事なんだって」

「ふうん」

　東京といえばかおるのお母さんが住んでいる所。お母さんに会えるかも知れない。かおるにとっては嬉しいことに違いない。鉄橋が完成すれば、いずれ転校することになる。それはかおるにもぼくにも分かりきっていたことだ。

　ぼくらはそれ以上交わす言葉もなく、夕暮れの谷間を眺めた。

「おーい。かおるちゃん」

橋の入り口の方で石浜さんの呼ぶ声がする。

「はーい」

「まだいたの」

「もう帰ります」

渡り板をカタカタ鳴らし、石浜さんが迎えに来てくれた。

「みみちゃんをくれた亘太君です」

いきなり紹介され、ぼくは焦ってぴょこりと頭を下げる。

松吉さんの離れまで一緒に来て、ぼくは二人にさよならをした。

「君も気をつけて帰りい」

思いもかけず石浜さんから優しい言葉をかけられ、さっきのいたずらをぼくは少し後悔した。

　ダム見学の日がやってきた。

　大島が始発のバスには、すでに小河内、田代の級友が乗り込んでいる。ぼくらは普段よりこざっぱりした身なりをし、リュックサックを背負い、すっかり遠足気分である。そんな中、かおるだけが紺のスカート、カーディガン、赤いランドセルといういつもの服装である。リュックサックの集団の中に、ランドセルが一つまぎれているさまは、事情を知らない乗客には奇妙に見えたろう。

　終点井川ダム駅で下車し、どん栗先生の後について堰堤へ向かう。谷側は鋭く切り立った崖で足がすくむような眺めだ。カーブを曲がると深い渓谷を堰き止める巨大なコンクリートの砦が姿を現す。堰堤の入り口で中部電力の案内係の人が、にこやかにぼくらを迎えてくれる。

初めにダム全体が見渡せる展望台に登る。

「多くの人々の知恵と汗の結晶であるこのダムは、中空重力式と呼ばれ、内側が空洞になっている日本で最初のダムです。エレベーターで中に入って行きます。……」

堰堤に引き返す。

堰堤の頂上部は自動車がすれ違えるほどの幅で二百メートルの長さだ。その中央あたりにエレベーター乗り場がある。夢の乗り物のように思っていたエレベーターについに乗れる時がやってきた。重量制限があり、ぼくらは三班に分かれる。一班のぼくは八名の仲間と共に最初に乗り込む。一瞬足元がフワリと浮き上がり、地の底に引きずり込まれるように降下する。エレベーターを下りると、身を圧するようなコンクリートの壁に遮られた空間に出る。

頭上の照明が頼りなく、闇に呑み込まれそうな心地がする。二班、三班が下りて来るのを待つ。ふと、ピラミッドの中も、こんなだろうかと想像する。

「向こうに見えるのが水圧鉄管といいます。ダムに溜められた水は、あの鉄管を通って発電室に導かれます」

発電室に入り、操作盤を見、こまのような形の発電機の説明を聞き、屋外に出る。コンクリートの擂り鉢の底にいるようだ。

排水路にかかる橋を渡って変電所に行く。

「発電された電力はここで減圧され、送電線を流れて町へ送られます」

先生が携えてきたカメラで、堰堤を背景に記念写真をとる。

「今日の見学はこれでお終いです。ダムが完成したら、実際に発電しているところを是非見学にきてください」

巡路を反対に辿り、真っ暗なエレベーター乗り場に戻る。今度は三班からエレベーターに乗る。地底から這い出し、空に舞い上がって行くようだ。エレベーターを出ると、さんさんと降り注ぐ日の光が眩しい。

案内係の人にお礼を言い、「中部電力・井川ダム」と銘の入った鉛筆をもらう。

右岸に造成中の小公園に向かう。

大井川は仮水路に導かれ、川原には工事車輌のわだちが幾すじも白く伸びている。左手に見えるのは全戸水没のため移転した島《しま》和《わ》合《ごう》の集落跡だ。家屋跡、庭、畑、小径、こんなにありありと見えているのに、仮水路が閉じられると真っ先に消えてゆく風景だ。

「お昼にしましょう」

つつじで囲われた築山の前に、先生は皆を呼び集める。

皆思い思いの場所に陣取ってリュックを開ける。リュックには水筒、おにぎり、茹で卵、キャラメルが入っている。おにぎりは早起きした母が心を込めて握り、真っ黒に海苔を巻いてくれたものだ。何かの行事となれば、弁当はおにぎりと決まっている。皆同じだ。でも、かおるだけは違っていた。かおるがランドセルから取り出したのは、角屋さんで売っている道路工夫や日雇い仕事に行く人相手の経木の弁当だ。ぼくらを羨ましがらせたサンドイッチを作ってくれた近叔母さんはもういない。

仲良しの春代の隣に座り、何も気にするふうもなく、楽しそうに箸を動かしている。

三学期も残り少なくなる。

いつものように始まった朝の学級会で、ぼくらは突然かおるの転校を知らされる。

「皆さんにお話があります。今日まで一緒に学んできましたが、かおるさんが転校することになりました。お父さんの仕事の都合で東京へ行くことになったのです。今日が最後の授業になります。午後からお別れの会をやりましょう」

どん栗先生は冷静な口調でそう話す。

来るべき時がきた。心ひそかにぼくは思った。

その日は土曜日だった。

午前中の授業が終われば、弁当を食べて、掃除して帰宅。長閑な午後を過ごせるはずだった。

正式にかおるの転校を告げられたのに、まだ実感はなく、ぼくの心は穏やかだった。

掃除の後は会場作りだ。教室の中央に机を集め、それを取り巻くように椅子を並べる。お互いの顔がよく見えるようにする。教卓の前の席はもちろんかおるだ。

「かおるさんは芯の強いがんばり屋さんでした。のんびりしていたクラスに良い刺激を与えてくれました。悲しい出来事もありましたが挫けずがんばりました。東京の学校に行っても明るく楽しい学校生活を送ってください。井川のような自然環境で共に学べたことは、きっと良い経験になるでしょう」

そんな先生の挨拶でお別れ会は始まった。

全員に縦長の白紙が配られる。二段に分けた上段にお別れの言葉、下段に自分の似顔絵と氏名を書く。

先生が「井川北小学校　五年」とマジックで大書した画用紙の真ん中に、女子で一番絵が上手い広美が、かおるの似顔絵を描く。その似顔絵を取り囲むように、皆は書き終えた用紙を貼りつける。「似てる」とか、「面白い顔」とか、言いながら。

「いつか新しい井川を見に来てください」

ぼくはそれをお別れの言葉にした。

皆を代表して広美が、「お別れの寄せ書き」をかおるに手渡す。

先生が弾くアコーディオンに合わせ、牧口の指揮で「歯車の歌」を合唱する。一つの歯車から次の歯車へ、そしてまた次の歯車へ。次々と力を伝え、一丸となってクラスを前進させる。全員で力を合わせて何かをする時に、いつもうたってきた歌だ。

次に、かおると仲の良かった春代が、かおるとの思い出を話す。

「かおるさんと仲良しになったのは、去年のお茶摘みの頃でした。かおるさんが私も摘んでみたいと言ったので、お母さんにそのことを話し、日曜日に手伝いに来てもらいました。お茶摘みは簡単そうに見えますが、同じ動作をずっと繰り返さなければならない大変な作業です。かおるさんは初めてのことだったのに『根気よく摘んでくれたね』とお母さんが褒めていました。それからは、お諏訪神社のお祭りの日にも遊びにきて、花火を見たり、夜店を見て歩いたりしました……」

話しているうちに、感極まって声が裏返り、話が止まってしまう。

「皆のことを忘れないでね。元気で頑張ってね」

気力をふり絞ってそう続けるのを、ぼくらは拍手で応援する。

最後が、かおるのあいさつだ。

「五年生の終業式までは井川にいるつもりだったのですが、急に転校することになってしまいました。頭の中はいろいろの思い出で一杯です。私は井川をふるさとのように思っています。それはここの人たちが皆親戚かきょうだいのように親しげで、私もすぐその仲間に入れてもらえたからです。沢山の人とお友達になれ、いろいろな事を教えてもらい、毎日をとても楽しく過ごすことができました。皆さん、ありがとうございました」

牧口の指揮で「さようなら」を歌い、校庭に出て校舎を背景に写真をとる。

「翌朝、八時半のバスで出発するそうです。見送りのできる人は、十分位前に大島のバス停留所に集まってください」

どん栗先生の言葉でお別れ会は終わった。

翌朝、かおるを見送るために、ぼくら四人は大島のバス停留所へ向かった。

停留所にはすでにバスが止まっていて、出発時間を待っている。バスの後ろには布団や柳行李を積んだ二台のオート三輪が止まっている。

バスの乗降口近くにどん栗先生、かおる、かおるの父親を見つけ、ぼくらは駆け寄ってゆく。田代、小河内の級友も三三五五集まって来る。

「皆さん、今朝はわざわざお見送り頂きありがとうございます。また在学中は仲良くして頂き、重ねがさねお礼申し上げます。皆さんにおかれましては、先生のお話をよくきいてしっかり学業に励んでください。それではお元気で、さようなら」

父親の声は、かおるを連れてやって来た日のように、太くよく響く声だったが、どこかに寂しさがにじんでいた。

「かおるさん、お元気でね」

「握手しましょう」

かおるを取り囲んでいた女子の一人が交わした握手が、次から次へ受け継がれ、男子にも回って来る。

「さよなら」

なに気ない素振りで、ぼくはかおるの手を握った。

かおるはぼくの目を見て、強く握り返した。

バスに乗り込んでいる工夫たちは窓を開け、もの珍らし気にぼくらを見ている。

やがて発車を知らせる警笛が鳴り、かおると父親はバスに乗り込む。遠くへ行ってしまうからだろうか、窓から乗り出して手を振るかおるの表情には、どこか町の子の趣きがただよっている。

エンジンをふかしてバスが出発し、オート三輪がその後に続く。ロープで押さえられている積み荷の中に、唐草模様の風呂敷包みが見える。その結び目から、白木の箱の角がはみ出している。それが優しかった近叔母さんのお骨箱だと分かると、何かで胸を抉られるようだった。寂しさと悲しさがおし寄せた。

完成までもうひと息というところで森本組は架橋工事から撤退した。親方自らの決断だったのか、外部からの圧力によるものだったのかそれは分からない。いずれにしてもあの失火が絡んでいることは確かだろう。多くのものを失ったばかりか、地元との関係をもこじらせてしまった。

残された路面舗装とアーチ塗装の作業は、何もなかったかのごとく別会社に引き継がれ、着々と進行していった。

二週間ほど過ぎた頃だったろうか、ぼくら宛てに、かおるからお礼の葉書が届く。

　井川北小学校五年生の皆様へ

皆様お元気ですか。

あの日はお見送りありがとうございました。鉄橋の完成まで井川にいたかったけれど、それができず残念でした。いつかきっと完成した鉄橋を見に行きたいと思っています。今までありがとうございました。さようなら

住所は東京都品川区までしか記されていない。

「きっと仮住まいのため、詳しい住所を書くことができなかったのでしょう」

先生の説明に、ぼくらは慌ただしい都会の生活を思い浮かべ、納得した。

終業式も近づいたある日、ぼくらはどん栗先生から思ってもみなかったことを告げられた。

「三年間皆さんと一緒に勉強してまいりましたが、今期限りで転任することになりました。新学期からの皆さんの担任は、井川小学校から転任になる山縣先生です」

「ええー、うそだー」

どよめきが教室を駆け巡る。

南原先生は静岡市出身の人だが、自然の中でのびのびと生徒を教育してみたいと、自ら山間への配属を志望したと聞いている。井川北小学校へ赴任し、初めての担任が三年生のぼくらだった。それから持ち上がりを繰り返し、ぼくらは五年生になった。この分で行けばもう一年、卒業までどん栗先生だろうと誰だって思うだろう。それがまさかのどんでん返しである。

「先生、何で行っちゃうの？」

頼りにしてきた兄貴分を敵方に引き抜かれるような心地がして、ぼくらの胸はざわついた。

間を置いて、先生が答える。

「辞令が出たのです。それで私も三年間をひと区切りにしようと心を決めました」

半分は自分に言い聞かせているみたいだ。

「どこの学校に行くの？」

「安倍川の上流の梅ヶ島小学校です。梅ヶ島という地名は聞いたことがあるでしょう。温泉で有名な所です。やはり山の中の小学校です」

先生の説明が終わっても、クラスの動揺はおさまらない。皆がもう一年受け持ってもらえると信じていたからだ。先生もそのつもりだったのではないだろうか。その想いがこんなに簡単にくつがえされてしまうなんて。

打ち沈んでしまった皆を元気づけようと、窓の外の山並みを指差して先生が明るく言う。

「ほら、あそこに笹山が見えるでしょう。梅ヶ島はあの山の向こう側です」

夕食の囲炉裏端で、ぼくは南原先生が転任になること、新任は山縣先生であることを家族に話す。

「大好きな先生に三年間も教えてもらえたんだもの、そのことを幸せだったと思わなくっちゃ」

母はそう言い、

「好きな先生だからいつまでも一緒って訳にはいかない。色んな先生に教わることも勉強だ」

父はそう言う。

その言葉を素直に受け入れられずにいるぼくに、

「山縣先生は宿題を沢山出す、厳しい先生らしいわよ」

どこかで聞いてきたうわさを、笑いながら姉が付け加える。

終業式の教室で、先生はぼくらに一冊ずつノートをプレゼントしてくれた。罫線のない、自由な使い方のできるノートだった。表紙の裏に一人ひとりへ、はなむけの言葉が書いてある。

「いつだったか、アゲハチョウが羽化するようすを発表してくれました。細かいところに目が届いていて感心しました。『なぜだろう？』『どうしてだろう？』と思う心をいつまでも持ち続けてください」

ぼくのノートにはそう記してあった。

新学期が始まる。

わらび平に建てられた鉄筋コンクリート二階建ての新校舎で、ぼくらは六年生になった。

担任は南原先生から話のあった山縣先生だった。

ぼくらの自主性を第一に考え、発言や行動を見守ってくれた南原先生に親しんできたぼくらは、「宿題を沢山出す厳しい先生」という風評におののき、暗い気持ちでの対面となった。

四角ばった顔立ち、七三にきっちり分けた髪型、口元を引き締める癖、どこを取っても謹厳実直が服を着ているといった感じで、不安はいやがうえにもふくらんでゆく。

緊張してコチコチになっているぼくらを前に、先生は口を開く。

「皆さんを担当することになった山縣隆です。宜しくお願いします。私はこの四角な顔が災いしたものか、怖い先生と評判を立てられているようです。本当にそうでしょうか。人は見掛けによらないものです。その答えは、これから一年間じっくり観察して、皆さんが出してください。
さて、私は本村の出身です。六人兄姉の五番目に生まれました。井川中学校を卒業すると、親の勧めに従い、静岡市内の理髪店に就職しました。けれども、生来の不器用でどうしても仕事になじめず、三ヶ月で逃げ出してしまいました。行く当てはなく、電柱に貼ってあった求人広告を見て、新聞配達所の住み込みの配達員になりました。ここに、働きながら大学に通う先輩がおりました。この先輩と出会えたことは人生の幸運でした。先輩の話に感化され、目が覚めた私は猛勉強して定時制高校、大学へと進み、こうして教師の道を歩むようになりました」

にが笑いしながら先生は続ける。

「大体において、私は人よりものごとを理解するのが遅い方でした。親に『勉強しなさい』と口やかましく言われている時は遊び呆けていて、世の荒波に揉まれ、諭され、やっと目が覚めるくらいですから……」

自分の欠点、人に知られるのが憚られるようなことを、先に生徒に言ってしまう先生なんているんだろうか。ぼくらは「おや？」と首をかしげる。

先生の話を両親に聞かせると、

「一旦社会に出ると、人には言えないような苦労があるもの。働きながら勉強するなんてことは並みの努力じゃできない」

そう父が言い、

「本当の苦労を知っている人は優しいもんだよ」

慰めるように母が言った。

またある朝の学級会では、こんな話をしてくれた。

「皆さんは三日坊主と言われたことはありませんか？」

あたりを窺いながら、クラスの大半が手を挙げる。

「悲観することはありません。誰も同じです。大いなる可能性を秘めた人です。何かをやろうと心に決め、三日間は続けた訳ですから。偉大なる天才でもない限り、三日もやれば飽きがくるのは当然です。でも、大事なのはここから。どうせ自分は根生なし、などと卑下してはいけません。続けた三日間の努力を褒め、自信を持ちましょう。そして、また三日続けようと奮起してください。三日坊主を繰り返すんです。

子供の頃、私も親や兄姉からよく三日坊主と言われたものです。何とかその習性を直したいと考え、辿り着いたのがこの考え方です。皆さんは最上級生です。短所長所は自分が一番よく知っていると思います。大きな目標を揚げ、大いに三日坊主を繰り返してください」

ぼくらと同じ目の高さでものを見ているような先生の話しぶりに、ぼくらの警戒心はいつしか解け、先生の深い懐に飛び込んでゆく。

　何かを成し遂げて見たいという気持ちがむくむくと湧き上がる。


　野山は若草色に染まり、教室には柔らかな日差しが降り注ぐ。閉め忘れられた窓の隙間から侵入する風が、時折レースのカーテンを膨らませて、近くの者をびっくりさせる。白いボードの天井、二列に並ぶ蛍光灯、教室の前後の壁に嵌め込まれた緑色の黒板、ロッカー、ワックスの匂う床。何もかも珍しく、新しかった。間もなく給食も始まる。夏に向け、十五メートルのプール工事も始まっている。

　山間僻地の小学校とは思えない素晴らしい環境だ。皆の顔は喜びに満ち、はつらつと輝いている。

　周囲のそんな空気をよそに、ぼくは抜け殻みたいな日々を送っていた。授業も上の空に、解体されてしまった割田原の教室を懐かしんでいた。

先生の革のスリッパの音が快く響く廊下。開け閉めに手こずった木枠の窓。どこかの島を思わせる天井のしみ、雑巾の匂いのする床。先の使用者がつけた傷痕のある机。窓側から二列目、前から三番目の席。ぴんと伸びた背筋、紺色のカーディガン、三ツ編みの髪……。

学校に来るのが、なぜあんなに楽しかったのだろう。

川を堰き止めた水泳場、南瓜の水遣り、昆虫採集、ダム見学、毎日の授業、共に学ぶことがなぜあんなに楽しかったのだろう。

今は休み時間になると、皆屋上に駆け上がってドッジボールに興じている。時々、ボールが金網を飛び越えて落ち、回収に手間どることもあるが、それでも校庭に出るより、短い休み時間を有効に活用でき、皆気に入っている。何より見晴らしが良く、気持ちがのびのびする。

換気筒によじ登ると、笹山が良く見える。

視線を南に移すと大日峠。

ある時、峠の頂きにキラキラする怪しい光を発見した猛が、職員室に先生を呼びに行った。「どれどれ」と先生は屋上に足を運び、しばらく光を見つめていたが、「気象観測のロボットを設置した小屋ですね。屋根を覆ったジュラルミンが光を反射しているんでしょう。気温、湿度、雨量などを自動的に測定して発信しているんです」。

そう教えてくれた。

放課後、ぼくはひとり換気筒によじ登ってあたりの山々を眺めた。

なだらかな山頂が黄緑にけむるような笹山。山の向こうは南原先生が赴任した梅ヶ島。

大日峠に目をやると、キラキラ光るロボットの小屋。その隣には電波塔。

あそこから情報が発信され、ニュースが入って来る。外界との交流をさまたげる壁としか思えなかった山が、広い世界への入り口になっていることを知り、そこを眺めていると心が落ち着いた。


「皆さんにお手紙が来ています」

山縣先生が白い封筒を携えて、教室に入って来る。

「森本薫さんという方からです。玲子さん代表して読んであげてください」

最前列の、無口で引っ込み思案な玲子に封筒を渡す。

　井川北小学校　六年生の皆様へ
皆さんお元気ですか。
井川を離れて二ヶ月がたちました。

前の葉書では住所をお知らせすることができなくてごめんなさい。仮の住まいを二度変わり、ようやく住む家が決まりました。新しい環境はとまどうことや、驚くことばかりです。近くに川がありますが、両岸をコンクリートにおおわれた用水路のような川です。住宅地をぬけた所に神社があり、石段を登ってゆくと高台に出て、建設中の東京タワーが見えます。

新しい学校は品川区立××小学校です。

三階建ての鉄筋校舎と古い木造の校舎が一棟ずつあります。鉄筋校舎の屋上には星空を観察する望遠鏡がありますが、木造校舎の地下にはまだ防空壕が残っているそうです。五、六年生は鉄筋校舎です。六年は七組あり、私は四組です。まだ慣れないことばかりですが、皆に負けないように頑張りたいと思います。

皆さんと楽しく学んだ日のことはいつまでも忘れません。ありがとうございました。

皆さんもお元気で頑張ってください。

## さようなら

五月×日　　森本　薫

「はい。ありがとう。皆さん、返事を出してあげましょう」

先生は封筒を後ろの掲示板に止める。

休み時間に真っ先に掲示板に向かったのは春代である。

「南原先生から預かっているお別れの会の写真を送ってあげなくちゃ」

住所をノートに控えている。

何事かささやきながら、数名の女子が寄り集まっている。

帰りがけ、何げないふりをして、ぼくもその封筒を見に行った。封筒の裏には所番地がきちんと記されている。その文字は一目見ただけで、くっきりとぼくの脳裏に焼き付いた。

家に帰ったぼくは、かおるに手紙を書こうと父の書簡箱から便箋を取り出し、机に向かう。色んな思いがこみあげてくる。毎日教室で顔を合わせていた時は、「おはよう」から「さようなら」までの間に、クラス仲間として交わす眼差し、仕草、言葉があり、心を流れる川は穏やかだった。かおるの転校後、川は行き場を失くし、澱み、深い淵をなしている。思いつくままに言葉を並べてみても、思いの丈の半分も語ることはできない。書いては便箋を破り、畳にひっくり返る。そんなことを繰り返した後、ぼくは便箋を書簡箱に戻した。「お別れの寄せ書き」に書いた「いつか新しい井川を見にきてください」、あれが、ぼくがかおるに伝えたい想いのすべてだった。

赤銅色の錆止めがほどこされていた鉄橋が、軽快な銀色に塗り替えられる。緑の谷間にまばゆい輝きを放っている。「大島橋」の文字が浮き彫りになった青銅板が欄干に嵌め込まれ、鉄橋は完成した。

開通式の日がやってくる。

橋の袂の車寄せに、祭りの日のように着飾った村人たちが集まって来る。参列者には小箱に入った紅白の饅頭がふるまわれる。神主がおごそかにお祓いをする。村長が祝辞を述べる。女子中学生が持つテープがカットされる。歓声と拍手が湧きおこる。村議会議員、工事関係者、特別招待された三世代揃った夫婦、一般の村人と、賑々しく橋を渡り初《そ》める。

橋の中程まで進む。路面の端に排水口を見つけ、立ち止まろうとするが、人波に押されて先に進むほかない。

人々が渡り終えた後に、待機していたバス、オート三輪、オートバイ、自転車がぞくぞくと続いてゆく。傍らで見守る人々は笑顔で拍手し、新しい時代への幕開けを喜び合う。

人波を抜け出て、ぼくは一人兎のお墓に向かった。

紅い饅頭を一つ供え、目を瞑り、心で手を合わせる。

南原先生の指導で始めた共同学習は、六年生への進級で宙に浮いたままになっていたが、村の四人で相談の上、続けてゆくことに決める。この試みには、それぞれの両親も賛同してくれ、ぼくらはポンプ小屋の隣に新しく建った公民館を使わせてもらえるようになった。近頃では、ぼくらの学習会を興味本位に覗き込んでいた下級生たちが、宿題のノートを抱えて集まって来るようになった。

小さな風だけれど、ぼくらが吹かせたのなら嬉しい。

麦の刈り入れが済み、近くの雑木林から、ニイニイ蝉の鳴き声が聞こえて来る。そういえば昨日も聞いたような気がする……。そんな思いにとらわれる時、もう夏は始まっている。

新しい校舎での学校生活にも慣れ、ぼくらは勉強に運動に身を入れる。

朝の学級会の席で、山縣先生は感慨深げに話す。

「先日、堰堤の工事が完了し、仮水路が締め切られたことをお話ししました。大井川は大きな水溜まりとなり、峡《かい》いっぱいに広がり、ぐんぐん本村に迫ってきました。川沿いにあった私の生家跡も近隣の屋敷跡もみな濁り水に呑み込まれていきました。色んな思い出がありますから寂しい気が致しましたが、ダム建設は発電や水害の抑止で日常生活に貢献するばかりか、開削中の大日林道が堰堤に繋がりますと、自動車で二時間で静岡の町に出られるようになります。これまでは半日がかりで大日峠を越えていましたから、これも画期的なことです。

　私はスクーターで通勤する途上、毎日この水の広がりを眺めています。もうすぐこちらにも迫ってきます。新しい環境に適応してゆくには、新しい考えに切り替えなければなりません。皆さん、頑張りましょう」

銀色に煌く鉄橋を渡っての通学。

湧き水の出る谷間から車寄せの傍らに引っ越して来た地蔵尊は、銅板葺きの祠に納まり、あの頃と同じ穏やかな眼差しで、行き交うぼくらを見守ってくれる。

通学の列からふらりと離れたぼくは、排水口の脇に薄い靴跡を見い出し、ひとりほほえむ。

そこから見晴るかす谷間、大島沢の流れ、丸木橋、喉を潤した泉、黄褐色の穂をそよがせるかやつり草の草むら、それもあと数日のうちに湖の底に沈んでゆくのである。

# あとがき

工場を定年退職になったら、本腰を入れて小説を書くつもりで、満寿屋の原稿用紙、プラチナ万年筆、インクを退職前から揃えておいた。「かやつり草」の原型は20代で作ってあったので、筆はスラスラ運ぶ筈だった。が、漸く書き上げ、読み返してみると、思い描いていたものには程遠かった。にわかに満寿屋の原稿用紙がもったいなくなり、二稿目はコクヨの原稿用紙と水性ペンに替えた。何とか書き上げ、読み返してみる。ギクシャクしていてまだまだである。年金で生活する都合上、三稿目は広告の裏にでも書くしかないかと思ったが、探して見るとダイソーの原稿用紙があった。鉛筆と消しゴムを使えば、何度でも書き直しができる。やっと、実力に見合う環境が整った。

　60年前の昔ばなしである。古過ぎると笑われないよう、物ごとがいま眼の前で起きているように書こうと心掛けた。

＊写真集『井川ダムの記録』　発行者村長望月誠一　昭和33年刊。（ダム完成後、各戸に配布されたもの）

＊興味つきない新しい村づくり『ダムサイド物語』　高島権三著　発行所家の光協会　昭和41年刊。（村づくりのため静岡県庁から派遣された、農業指導官の滞在記）

＊おもしろ漫画文庫『九時間の恐怖』　島耕二／星川清司作　木村一郎画　発行所集英社　昭和32年刊。（大映映画「九時間の恐怖」を漫画化したもの。

子供の頃に買ってもらったが行方不明になっていた。インターネットで見つけ出す）

三冊の本は活気溢れる当時を偲ぶ、貴重な手掛かりとなった。

出版するにあたり、羽衣出版の松原正明さんより、色々とアドバイスを頂いた。有難うございました。

過疎化を繰り返すふるさと。時間を巻き戻す術はないけれど、この物語が誰かに「いつか井川に行ってみたい」と思ってもらえる一冊になれば嬉しい。

滝浪 豊満

令和三年十月

〈著者紹介〉

**滝浪 豊満**（たきなみ とよみち）

1949年　旧安倍郡井川村中山に生まれる。
1967年　静岡市立高等学校卒業。
1974年　興和株式会社　富士工場勤務　2013年退職。
1975年　詩『藪の中』にて静岡県芸術祭芸術祭賞受賞。
1991年　詩集『木の上の家』私家版発行。
2004年　短歌『少年の国』にて富士市民文芸賞受賞。
2012年　小説『海辺の親戚』にて、ふじのくに芸術祭
　　　　準奨励賞受賞。

UAゼンセン詩人集団同人

現住所　〒417-0001　富士市今泉3571-24

かやつり草

2021年11月6日発行
定価 本体727円＋税

著　者　滝浪 豊満

発行人　松原 正明
発　行　羽衣出版
〒422-8034
静岡市駿河区高松3233
TEL 054-238-2061
FAX 054-237-9380



ISBN978-4-907118-69-3 C0093 ¥727E